U0017966

# 如歌

敷米漿 著

# 自序

　　有一年的聖誕夜裡，晴朗卻有些冷。那晚我待在家裡，並沒有出門狂歡作樂。不知道幾點的時候，街道傳來了廣播的聲音。

　　「小朋友，趕快出來，聖誕老公公來了。」

　　一瞬間我以為自己聽錯了。拉開窗簾往窗外一看，才發現一台車子旁，一個穿著紅衣的男子。小朋友們開心地飛奔，那一秒鐘天空下起了糖果雨。我也不小心把自己留在那一個晚上了。這樣的存在很美，對於那個聖誕老人來說。對小朋友來說也是，對我這個安靜的旁觀者來說，也是。如果我小時候，也可以遇見這樣的聖誕老人，多好。我相信我的人生會因此而不同，不會那麼早就知道這世界太多幻想。然而我也很清楚，即使年幼的我遇見了真實的聖誕老人，我還會是現在這個我，因為我仍舊會等到過去了以後才緬懷。

聖誕老公公每年都會出現，帶給孩子們希望。他的存在是帶來幸福的，是千眞萬確的。同時，也維護了孩子們天眞的幻想。很多年後，當孩子告訴他的朋友，幼年確實見過聖誕老人，也許會招來嘲笑，也許有一天孩子有會瞭解，那並非如他所堅信的那樣千眞萬確。

但孩子所擁有的，卻是誰也帶不走的，清晰的存在。這是一種幸福。

而身爲旁觀者的我，好像看著別人的劇情。很難找到自己是在哪一個時空裡面存在著。也因此我寫下了這個故事。其實，我也只是想瞭解我究竟存在於哪個時空。是我們引頸企盼的未來，或者是念念不忘的過去？不斷地追尋著眼前的東西，然後偶爾夜裡會想起那片糖果雨。就這樣在現實以及幻想當中碰撞，其實我們都忘了，這一切，

不過就像一首歌一樣。

我用我的方式存在，也用我的方式寫下存在。所有我的掙扎、感情、困惑都在文字裡面了。等到我毫無代價地唱完了這首美妙的歌，我才發覺。我還是現在的我，即使歌聲已歇。歌的旋律只有在我匆匆回頭一瞥，勉強可以看見她尾隨的身影。從容卻有些孤單。不需要證明自己是否眞正存在這個世界。因爲我的每次呼吸都是一個存在，都是一個美好。不需要去理解這首歌的含意。因爲你只要聽著旋律，感受這樣的節奏。你、我都是一首歌。我希望你們感覺到幸福與滿足。我希望你們跟我一起大聲歌唱。我希望不管發生什麼，都可以手牽著手一起

走過。

　　我希望……

　　大家一起傳唱著關於你、我的歌。就好像沒有懷疑地墜落一樣。

　　因為這一切，如歌。

就好像一首歌一樣。

每回我一個人看著窗外，就會想起你帶著我唱的歌。

你說我，如歌。

「跌倒了，爬起來再哭。」這是我認識大師的第一句話。

其實我是不哭的。但不知道爲了什麼，聽見大師說的話，忍不住眼淚就往下掉。我站在櫃台，一直掉眼淚。

「二十塊。」這是大師跟我說的第二句話。

『爲什麼？』其實我還在哽咽著。

「你需要補充一點水分，我需要補充一點業績。」大師說著，用眼角暗示我坐在後面的老先生。

「沒業績，我今天又難過了。」

那一天很美好，下著雨。我匆忙想買點東西吃，無奈中午休息時間已經不夠。我才發現這個傳統雜貨店。也因爲那天的雨，讓我走近櫃台時滑了一下，差些跌倒。爲什麼要哭呢？回公司的路上我拚命回想，卻想不起來了。也許因爲下雨天吧。

原先喜歡喝咖啡的我，開始光顧這個特別的小店。要找到這樣的雜貨店已經很不容易了。小時候我總喜歡跟爸爸討一塊錢硬幣，可以到當時鄉下雜貨店裡買兩條塑膠袋裝著的長條狀橘子水。那可是我的最愛。而今在大師的店裡面再次看見，橘子水取代了咖啡。

「這不是替換，這是一種飄搖。」大師說。

『飄搖？』我聽不懂。

「你把霧換成了浪花，其實已經超過你的海岸線了。」

微微一笑，我好像聽懂了。大師對我挑眉笑了笑，我才離開這個地方。於是每天來光顧成了我最重要的一個部分。一半原因是大師身後的那個嚴肅老先生。聽大師說，老先生是老闆，大師只是員工。現在沒什麼人願意到傳統雜貨店買東西，但是老先生堅持要把這間店留下。

「這個櫃台就是我的海岸線。」大師說。

『你大可不必留在這個地方。』我小聲說。

「不，」大師搖頭，「這裡是我的海岸線。」

於是我再沒辦法跟你一樣飄搖。好難懂啊。從那天開始，我叫他大師。也從那天開始，我知道我在飄搖。

離開雜貨店之前，我回過頭跟大師揮手。大師卻好緊張似的，手忙腳亂。我笑了。也許因為他無法跟我一樣飄搖吧。

第一首歌　**飄搖**

　　不可以飄搖。

　　如果不可以飄搖，為何我要遇見你，

　　你陪著我追隨，讓我飄搖。

第一次進到他的房間裡，空曠的味道讓我暈眩。就好像望著一陣、一陣往岸邊拍打的浪花一樣。也不是房間很大的空曠。而是一種帶著寂寞的擺設，好像隨時都會離開一樣。

書桌上有一台電腦，電腦旁有個粉紅色的薰香蠟燭。玫瑰花香，我猜。大師坐在地板上發愣，表情比我還要痛苦。但其實我笑了。書桌旁有個深色原木書櫃，裡面擺滿了書。最引起我注意的，是書背與書櫃的邊緣小小的空間，堆滿了菸盒。那一天我才知道，原來大師會抽菸。

「為什麼這麼多菸盒？」大師傻愣愣望著我，過了好一會兒才回答。

『因為那個空間太浪費了。』

「房間還有很多位置，」我說，指著垃圾桶：「這裡很需要菸盒。」

『妳知道嗎，那個空間看起來很小，其實很大。』

「有多大？」

大師笑著不說出解答。

「兵者，詭道也。」大師搖頭晃腦地說著。

「故能而示之不能，用而示之不用，近而示之遠，遠而示之近。」

『這是什麼？』

「孫子兵法。」

『孫子兵法很大？』

「不，是我這個龜孫子膽子很大。」

第一次讓女孩子進來這個房間。大師說著，眼光卻好像穿透過我，望著某個背光的地方。只看得見模糊的輪廓。離開大師的房間之前，我覷準了空檔，找了個菸盒做上記號。哪一天大師會發現呢？

□

　　那一天很驚險的，其實。大師通常不能提早下班，吳老先生會因此發很大的脾氣。吳老先生就是雜貨店的老闆，脾氣不好的老先生。曾經在一日我從公司離開，見過老先生對著客人大發雷霆。櫃台上所有能丟的東西都沒有放過。我在雜貨店門外嚇傻了，只看見大師一臉尷尬，在客人離去後，默默撿拾起地上的東西。能用的、不能用的。那一秒鐘我知道了，對大師來說，這個海岸線有點長。

　　「妳為何總是買橘子水？」大師問我。

　　『因為我喜歡啊，我小時候隔壁就是雜貨店。』

　　「這個東西不營養，很多色素。」大師說。

　　那一秒鐘我突然想起了爸爸。爸爸也是這樣跟我說的。每回我拿著硬幣跟雜貨店交換了橘子水回家，爸爸也會這樣跟我說。

　　「千雅，這個東西不營養，色素很多。」

　　然而每回我討硬幣的過程卻沒有任何阻撓。直到爸爸離開我的那一天，他什麼也沒有留下來。

　　只有一個硬幣。

「千雅，想念爸爸的時候，就拿去買橘子水。」

『那個東西不營養，很多色素。』我哭著說。

「沒關係啦，傻妞。」爸爸很艱難地喘氣著。

「妳只能買一次，買一次就好。」

然後爸爸就離開我了。

那個硬幣我還留著，即使遇見大師之後，我已經喝過很多次橘子水。每次我想起爸爸，想起自己的飄搖，我就會把硬幣拿出來看一看。只能買一次。買一次就好。

只是爸爸忘了，隔壁的雜貨店已經收了很久了。

□

我把硬幣拿給大師看的時候，大師笑了。

「於人何不可容者，凡事當思所以然。」

『大師，我聽不懂。』

「妳什麼時候要拿這個硬幣買橘子水呢？」大師笑著。

我搖頭。

「妳不想念他嗎？」

我點頭。

「那妳為何不買？」

『我想保留這個機會。』

大師點點頭。

吳老先生咳了一聲，我慌忙走向冷藏櫃，拿了罐礦泉水。大師感激地看著我：「謝謝妳。」

『應該的。』

「妳今天下午怎麼不上班？」

『晚上公司聚餐。』說完，我嘆了一口氣。

「怎麼了？」大師好奇。

『主管說，可以攜伴參加。』

「妳沒有伴嗎？」

『難堪的不是這個。』

是我很怕見到那個人，如果他帶了伴侶的話。那個人是公司的同事，比我晚到公司兩個月。

「妳喜歡他？」大師促狹地笑，讓我好尷尬。

『你管太多了。』我有點惱怒。

「如果他帶了伴侶去，妳會怎麼辦？」

『不關你的事。』

「妳叫什麼名字？」

大師，你可不可以不要每次都岔開話題。我惡狠狠瞪著大師。

「告訴我妳叫什麼名字，晚上我陪妳去。」

『我才不要。』大師聳肩苦笑了一下，回頭看了吳老先生一眼。

『吳老先生，我走了。』我點點頭。

然而吳老先生卻瞧也沒瞧我一眼。我尷尬對著大師吐著舌頭，然後離開。

我忘了說再見了。我回過頭，對著大師揮手。他很緊張。

偷偷摸摸好像小偷一樣。

　　下班的時候，我刻意經過雜貨店。

　　『我叫做馬千雅，一千兩千的千，優雅的雅。』我說。

　　「我叫做大師，屁股很大的大，湘西趕屍的屍。」

　　『你亂說。』

　　「那麼幾點呢？」

　　『一個小時後，這裡見。』

　　「山外斜陽湖外雪，窗前流水枕前書。」

　　『什麼意思？』

　　大師皺著眉頭，回頭望了吳老先生一眼。

　　「我得作點功夫，你先走吧。」

　　『噢。』我點點頭，跟大師告別。

　　「對了。」

　　「嗯？」我回過頭。

　　你的名字，聽起來像首歌。

　　如歌。

□

　　「等會兒我該怎麼介紹你？」我問。

　　『就說我是大師吧。』

　　「我還不知道你的名字呢。」

　　『我的名字很難聽的。』

　　我跟大師走進了餐廳。每回公司聚餐都在這間雲南餐館。

其實吃膩了，卻沒有人敢說。我跟著大師一同走進去，大家的目光都停在我們身上。

「嘿，妳知道嗎？」大師笑著，「當所有人目光都在兩個人的身上，我們就會得到祝福。」

『什麼祝福？』我小聲說。

「應該是，今天妳會很幸福。」

我的目光卻放在曾德恆的身上。他只有一個人。我的心放下了，卻有點不知如何是好。佳樺湊到我身旁，對我頗有深意的一笑。

『這個是……大師。』

佳樺瞪大了眼睛：「戴詩？好女性化的名字。」

『不是，是大師，好大的大……』我說。

「好淫的淫？」佳樺竊笑。

『妳在胡說什麼。』我輕輕搥了佳樺一下。

大師滿臉笑容，對佳樺點點頭。

「娟娟群松上有飛瀑，蕭蕭落葉人聞清鐘。」佳樺聽完大師的話，一臉錯愕。

『抱歉，大師喜歡咬文嚼字。』

「幸會、幸會。姑蘇城外寒山寺，輕舟已過萬重山。」佳樺隨便亂兜個詩詞，匆匆走了。

『你在胡說什麼，嚇跑我同事了。』我說。

「我在替妳解圍。」

聚餐氣氛很熱絡。大師口角生風，所以很多同事都圍在他

身邊，問著很多奇怪的事。我有一搭沒一搭聽著大師胡說八道，一下子學究天人，一下子國仇家恨，而眼光卻始終停留在曾德恆身上。

「嘿。」佳樺拍了我一下。

『妳問完天機了？』我打趣著。

「那個大師真的很厲害，哪裡認識的？」

『路邊撿到的。』我說。

「哪條路？」

『蔡佳樺，妳也太可愛了吧。』

「他剛剛幫我看手相，很準咧。」佳樺瞇著眼睛。

『他說了什麼？』

「他說我紅顏情苦。」

『這樣還準？』

佳樺瞪了我一眼。我笑了笑，沒多說下去。佳樺很美，是個標緻的美人，公司裡最亮眼的大概就是她了。只是不知道為什麼，好多人追求她，卻沒見她心動過。聚餐結束之後，從頭到尾我都沒能和曾德恆說上一句話。大師拉著我，要我晚點離開。我不懂。直到大家幾乎都走得差不多了，我才開口詢問。

『為什麼要這麼晚走？』

「今天戰況不佳。」

『你怎麼知道？』我像洩了氣的皮球。

「你都沒跟他說話啊！」大師瞪大了雙眼。

『你又知道是誰。』

「怎麼不知道，從頭開始，只有兩個男生跟你說過話，一個看你的表情就知道是你的上司，另外一個禿頭還帶著老婆的，肯定不是男主角，我說得對嗎？」

『你不是在幫人算命嗎，怎麼看得這麼仔細？』我沒好氣。

「因為我是大師啊。」

我苦笑。正要走出餐廳，大師又拉著我。

「我猜他還沒要回家，要不要跟去看看？」

『跟去看看？』

「是啊。」大師點頭，「善用兵者，修道而保法，故能為勝敗之政。」

『這是什麼？』

「孫子兵法。」大師笑著：「走吧。」

□

我不知道大師怎麼辦到的。曾德恆其實已經離開十來分鐘了，大師卻在巷弄裡左拐右彎，沒一會兒就看見曾德恆的背影出現在眼前。我感覺得到自己的心跳。

「我猜他要去吃東西。」大師一臉嚴肅。

『怎麼可能，才剛剛聚餐完……』

「他剛才肯定沒吃什麼。他不喜歡吃雲南料理。」

『這個你怎麼知道？』

「不重要，跟過去看看。」

我第一次跟蹤別人，覺得好緊張。其實我跟大師在曾德恆

身後遠遠的，絕對不會被發現。但還是有種做壞事的緊張。

「居酒屋。」大師指著前方。

『不要用手指，太明顯了。』

「妳是關心則亂，他都走進去了，怎麼會發現？」

『那現在呢？』我有點慌張。

「進去啊，當然。」

『我不敢。』我搖頭，很用力：『況且我進去也不知道該說什麼。』

「假裝巧遇，電影都是這樣演的。」

『不要！』我驚呼，『我不敢啦。』

大師停下腳步，我回過頭，大師抓抓頭對著我笑。

『怎麼？』我問。

「突然想到一件事。」

『不要賣關子。』我有點生氣。

「我聽過一句話。等到年老了以後，妳後悔的不會是做過的事，而是那些沒做過的。妳猜這話是誰對我說的？」

『貂蟬。』我說。

「妳也學會隨口胡謅了？」

『你在勸我進去嗎？』我猶豫著。

「放心，我會在外頭等妳。」接著我就被推了進去居酒屋。

□

年老了以後，你會後悔的是那些沒做過的事，而不是做過

的。大師跟我說，有時候面對愛情需要有大破大立的覺悟。於是我走進居酒屋，見到曾德恆，很僵硬地跟他打了招呼。曾德恆似乎很意外我會出現，我也對自己的僵硬感到尷尬。

有點暈眩。我想是因為居酒屋狹小的空間，以及有點潮溼的味道所致。這是我第一次跟曾德恆聊這麼多，聊公司、聊自己、也聊想法。

「今天妳跟那個人……」曾德恆漫不經心地問著。

『噢，那是我朋友，剛好有空。』

「是嗎？」

他倒了一杯啤酒，啤酒罐口貼著杯子內緣，緩慢而仔細地讓金黃色的液體流入透明的啤酒杯內。

「我還以為是妳的男朋友呢。」

『不是！』我搖手，『怎麼可能嘛。』

我有點緊張。等到櫃台裡面的師傅開始收拾，我才發現已經到了打烊的時間。平常十二點就要上床的我，竟然到了凌晨一點還在外頭。

「對了，妳也不喜歡吃雲南料理嗎？」曾德恆結帳的時候問我。

『是、是啊。』才怪。我超喜歡酸酸辣辣的食物。

「這麼晚了，該回去休息了。」他說。

『嗯，今天不好意思讓你請客。』我拿出皮包。

「不會，下次換妳請我吧，這次就不要在這邊搶付帳。好像菜市場的太太一樣，怪怪的。」

我笑了。

「妳要怎麼走，要我順便送妳嗎？」

『這樣太不好意思了。』

「不會的。」

我微笑點頭。一直到走出居酒屋，我才想起大師。

『啊，今天還是不麻煩了，我自己回去可以的。』我說。

「真的嗎？」曾德恆一臉狐疑，「那好吧，小心安全。」

跟曾德恆道別之後，我走過兩個街口。左右張望了許久，都沒看見大師。突然有點後悔。我猜想大師一定先走了，而我卻沒讓曾德恆送我回家。夜晚的空氣聞起來有點徬徨，跟居酒屋裡頭不一樣。我在街口等了好一會兒，卻連一台 Taxi 也沒看到。懊悔的情緒更是澎湃了，好像打鼓一樣在我的腦中絮絮聒聒。

「英雄留步。」我回過頭，看見大師。

突然想起第一次見到他，那天外頭下著雨，我也是。我又差點哭了，也不知道為什麼。

「怎麼了，不開心嗎？」大師快步向我走來，伸長脖子看著我。

『沒有，很開心啊今天。』我說，鼻子卻酸酸的。

「那怎麼一臉憂愁，掛著烏雲？」我只是拚命搖頭。

「這麼悲苦我還以為結局是悲劇呢。」

『我只是怕叫不到 Taxi。』我說。有點倔強。

大師看著我發愣，我有點不好意思，卻又不知道該怎麼阻

止他這個無禮的舉動，只好拉拉裙襬。

「兩點了……」大師看著沒有戴錶的手腕。

「明天妳還得上班，對嗎？」我點頭。

「要不要到我那裡休息，離妳公司也近。」

我愕然望著大師，不知道該怎麼回答。我想我腦中的所有東西都在剛剛的居酒屋掏出來了。現在空空如也。

「放心，我是大師，不是非洲雄獅。」

『什麼意思？』我不懂。

「我不是禽獸，妳很安全的。」

『你說我長得很安全？』我差點用高跟鞋踢他。

「不，是我很安全。」

□

大師唱著歌，我卻從來沒聽過，好像哪個國家的民謠一樣。路上大師似乎很開心，我卻不由得擔心起自己。這是我第一次進入異性的房間，如果小時候作惡夢跑去爸爸房間央求一點慰藉不算的話。我從小沒了媽媽。對於這個世界來說，我的到來恰好等於媽媽的離開，我不知道這樣算不算替換。或者，對於爸爸來說，這是一種替換。也難怪爸爸對我特別好，好得讓我不覺得自己有什麼悲苦。

但其實是一種飄搖吧，我猜。

『你唱著什麼歌呢，大師？』我好奇問著。

「我自己哼哼唱唱，算不得什麼啦，污染妳的耳朵真抱

歉。」

『你很開心嗎？』我快個兩步走到大師面前，停下腳步。

「我替妳開心。」

『我？』我指著自己。

大師繞過我，繼續往前走，我啪啪啪的高跟鞋聲音在凌晨的街頭特別刺耳，我卻疲憊得無法減輕這個音量。

『替我開心什麼？』我鍥而不捨。

「今天妳踏出第一步了，我替妳開心。」大師笑著，「到了。」

走到三樓的時候，我停下腳步。

「怎麼？」大師回過頭。

『在幾樓？』我問大師，或者現在的姿態，是我問大師的屁股。

「五樓。」大師推了一下眼鏡。

『我不走了。』

我快累死了，折騰了一整天，穿著高跟鞋的腳已經快要脫離我的身體，小腿肚麻得跟晚上的雲南料理一樣。於是我一屁股坐在階梯上，氣呼呼瞪著樓下。

我可以感覺到大師在我背後搖頭。甚至可以猜想出他無奈的表情，但是我真的不想走了。真的不想走了。

「我以為今天是個喜劇的。」我回過頭，我知道自己嘟著嘴，因為我一向聽不懂大師的話。

「原來是個鬧劇。」大師說。

『你說我在胡鬧嗎？』我瞪著大師。

「不。」大師笑著，「我背妳吧。」

我應該拒絕大師的，畢竟我認識他才不過幾個禮拜。這樣的時間對認識一個人來說，太短了。但我沒有拒絕。

「凡處軍、相敵，絕山依谷，視生處高。」

大師喃喃唸著：「戰隆無登，此處山上之軍也。」

『這是什麼？』我在大師背上。

「這是解釋為何我住在這麼高的樓層。」其實這個時候聽大師的聲音，從他的背傳來了奇怪的共鳴。不知怎地，我想起了爸爸。這樣的聲音雖然就在自己眼前，聽起來卻好遙遠。我喜歡這種感覺。至少那時候的我，是喜歡的。

「到了，如歌。」

『我不是如歌，我是馬千雅。』我從大師背上滑下來，等待大師打開鐵門。

「妳休息一下，洗把臉。」

『你房間很乾淨。』我說。

大師的房間很乾淨，東西很少，很空曠。房間不算小，我想房租必定很貴，真猜不透一個在傳統雜貨店打工的人，是怎麼租得起這樣的套房。台北市可是寸土寸金啊！房間只有一張椅子，在書桌前。大師自己坐在地板上，望著木頭地板發愣，表情很無辜。我總覺得大師在發愣的時候，卻好像思考著什麼哲理一樣，難怪會叫做大師。

「妳可以先睡一下，我不會打擾妳的。」

『這些菸盒應該丟了。』我指著書櫃的不速之客。

「暫且讓他們待在那裡吧，他們已經很可憐了。」

『為什麼？』我打了個呵欠。

「他們都被我掏空了，而且……」

『而且什麼？』

「而且那個空間太大了，剛好需要他們。」

『哪有多大？』我真的搞不懂大師的邏輯。

「大概，一百步吧。」

好吧，我放棄，我真的不懂。我是什麼時候睡著的，沒有人能夠回答我了。我只覺得腳掌接觸到地球表面的感覺好舒服，好像在軟綿綿的草地上，光著腳走路一樣。等我睜開眼，陽光已經從粉黃色的窗簾微微透進來，我的肩上披著一件外套，應該是大師的。只覺得左手好麻，我竟然趴在書桌上睡了這麼久。

桌上放了一張照片，我入睡之前沒有看見。照片很簡單，看起來像條小溪。只是光線有點不太好，灰灰暗暗的。翻到照片背面，我才發現幾行字，看上去像是用毛筆寫的。字跡好工整。

「如歌：門關上就鎖上了、不要遲到、晚點見。」

我叫做馬千雅。我不是如歌。我對著照片自言自語著，然後就笑了。真是喜劇一場。

□

佳樺不停問著有關大師的一切，不管我解釋幾次，她都不相信我認識大師不過幾個禮拜而已。而我心裡想著的，只有如果恰好在走廊上碰見了曾德恆，我該怎麼打招呼。

『佳樺大美女，妳是否該自己去問他？』當佳樺問到大師的名字的時候，我開始不耐煩。

「我會不好意思。」佳樺臉紅了。

『問名字而已，又沒有要妳問他生辰八字。』

「哎唷，我沒想到這麼遠啦，還不到合八字的時候。」

佳樺拉拉我的袖子，因為我沒答話。小時候曾經好奇拿著鉛筆插進去插座孔內，然後「砰」的一聲，家裡的光線暗了一下，我也跳了起來。現在的我，差不多就是這樣。曾德恆跟我們擦肩而過，我只看見他對我笑了笑。然後我就失去意識了。

『哈、哈、哈囉。』等到他走過了，我才擠出來招呼。

「妳在笑什麼？」蔡佳樺問我。

『妳才在笑咧。』我為自己的窘境不滿。

沒想到在心裡模擬了千萬遍，最後竟然是這個樣子結局。我想今天應該是個悲劇吧。下班了以後，我又走到了雜貨店去。

「睡得好嗎？」大師問我。

『我想，今天一定是個悲劇。』我說。

大師聽完我羞愧得想死的窘況之後，哈哈笑了出來。然後回過頭，吳老先生又劈哩啪啦罵起大師。還好我聽不懂。那個濃厚的外省腔調始終讓我很迷惑。

『你的鑰匙。』我把鑰匙放在玻璃櫃台上。

「還好妳記得。」大師把鑰匙放進褲子口袋。

「對了，妳有聽見海浪的聲音嗎？」

『海浪聲？』我仔細聽了一下。『沒有。』

「不是現在，我是說在我房裡。」

『你房間裡面有海浪聲？』我好訝異。

「是啊，從這裡……」大師手指著櫃台，「到那裡。」

『嗯？』

「這是我的海岸線。」

『所以你沒辦法跟我一樣飄搖，對吧！』

「嘿，妳還記得。」

『不小心的。』我說。

「那……妳有沒有聽到？」

我搖頭：『沒有。』

「好吧。」

我放了一個一元硬幣在桌上，大師走到旁邊，拿了兩條橘子水給我。

「這個東西色素很多……」

『不說這個，我想問你一個問題。你究竟叫做什麼名字？』

「我的名字很難聽的。」大師搖頭，「唸起來很奇怪。」

『我可不這麼認為。』

「妳怎麼知道？」大師很疑惑。

『就因為我不知道啊。』

「我也想問妳一個問題。」

然後就爆炸了。吳老先生放下始終放在膝蓋上的鐵製「雙喜」餅乾盒蹣跚走過來，劈哩啪啦對著我大聲吼著。大概讓我聽得懂的，只有幾句話。站在這裡……安撫我做神祕……

我小聲問了大師，什麼是安撫我做神祕。

「耽誤我做生意啦。」大師用手圈住嘴巴小聲回答。

我跟吳老生點個頭，走到飲料櫃拿了罐礦泉水。付了帳之後，我轉頭就要離開。

「等一下。」我回過頭看著大師。

「我還沒問妳呢！」

『你問吧。』

大師重重吐了一口氣，一臉憂愁看著我。

『怎麼了？』

「我想問妳，妳要老實回答我。」

『好。』

「妳有沒有叫做『馬百雅』的妹妹？」

『你還有叫做小師的弟弟咧。笨蛋。』大師推了推眼鏡，對我笑了笑。

「因為我昨天沒幫他關店，所以他有點生氣，妳別介意。」

大師用眼角餘光瞥了吳老先生一下。我笑了。大師也笑了。全世界都笑了。只有吳老先生沒有笑。

□

曾德恆經常拿著保溫杯站在走廊上，望著遠處發呆。遠處應該也沒多遠，整條走廊大概二十秒左右就可以走到盡頭。我就是被這樣的表情迷惑了。他究竟想著什麼呢？究竟看著什麼地方呢？

「他可能只是在發呆。」大師這樣說。

『我覺得沒有這麼簡單。』我反駁。

「安知峰壑今來變，不露文章世已驚。」

『大師，你又來了。』

其實我偶爾也會覺得大師滿腹墨水，很多時候都在亂說。但也無妨。

『大師，我覺得你在這個地方工作，太浪費了。』

「那麼妳認為我該做些什麼工作？」

『行天宮的地下道幫人家算命解籤詩。』

「聽說瞎子算命比較準。」大師搖頭晃腦地。

『為什麼？』

「妳沒聽說過嗎？」大師驚訝地：「眼睛看不到，不會打嘴炮。」

『好爛喔。』

下個禮拜要員工旅遊，這其實才是我想問大師的。

「員工旅遊？」

『是。』我點頭，『你覺得我該怎麼做？』

「你說那個男生？」

『曾德恆。』我說。『我突然有點怕見到他。』

「幹嘛，妳欠他錢？」

『大師你怎麼突然變笨了。』

「為何要怕見到他呢？」

說實話我也不知道。其實我是想多跟他說話的啊！怎麼知道每次臨到關頭，就會怯懦了。若不是大師，我想那天我也不會走進居酒屋跟他聊天吧。就好像看著一齣自己喜愛的電視劇，雖然很想趕緊知道結局，但是在看見銀幕出現「最後一集」的時候，心裡就會有點感傷。好像過了今天之後，就會失去生活重心一樣。雖然期待，卻又害怕結束。

「所以妳是害怕結局。」大師說。

『我才不是咧，』我抗議，『我是不知道怎麼面對。』

「面對？」大師伸長了脖子，「有什麼東西需要妳面對嗎？」

『有啊，面對曾德恆，面對自己的感情。』妳怕的不是面對。妳擔心的是墜落。

『墜落？墜落到哪裡？』我真的很不懂大師的話。

「墜落到妳沒有預期的狀況。」

『那怎麼辦？』

「妳知不知道，世界上有兩種東西難以自拔。」

『不知道。』我說。

「一種叫做牙齒，另外一種叫做愛情。」

『所以呢？』

「所以……」大師沉默了一下，「妳真的喜歡他嗎？」

『我想，應該喜歡。』

「那就讓自己墜落。」

你不是說，我怕的就是墜落嗎？大師。我猜想自己聽見大師的話，一定不小心嘟嘴了。每次我想不透的時候，就會不自覺嘟起嘴巴。

『我不要墜落。』我說。

「每個人在愛情裡面，其實都想墜落啊。」大師說。

「也許過程有點緊張，就像從高處掉下去，心臟縮了一下。」

「也許會有一點點痛，也許會不小心受傷了。」

「就是這樣，愛情才這麼美好，因為他帶來了好多難過。」

我搖頭：『我不想難過，一點都不想。』

「如果都沒有難過，愛情就沒有美好了。」大師說。

『可是我就是不想難過啊。』

大師無奈攤攤手。在吳老先生發火之前，我匆匆離開了雜貨店。大師給了我幾個建議。在身上綁氣球、買降落傘、吊鋼絲。只有這樣才可以不必墜落。

我離開雜貨店，心裡還不停地想著。什麼是氣球，什麼是鋼絲，而什麼才是我的降落傘。

『大師。』我回過頭，在離去之前。

我聽見東西碰撞的聲音，好像什麼敲打著玻璃櫃台一樣。大師還是那個緊張的表情。

「怎麼了？」

『你幹嘛，古古怪怪的。』

「沒有，怎麼了？」

『我有點懂了。』我說。

「懂了嗎？妳選擇墜落了？」

『不，我懂了。』我說。

你是氣球。我指著大師。

□

　　員工旅遊很妙，去日月潭。伊達邵碼頭邊的民宿，只能看見一半的湖景。我跟蔡佳樺住一個房間，整趟旅程都看見公司的男同事圍繞在她的周遭，雖然說自己的同事像蒼蠅很不禮貌，但是那種嗡嗡嗡的感覺，讓我很不舒服。

　　「公司好小氣，都不讓我們住那一間。」佳樺指著遠方湖的另一邊。

　　『哇，那當然，那間很貴的。』

　　「出門玩講求的是氣氛，不是金錢。」佳樺說。

　　『沒有錢哪裡來的氣氛啊。』

　　晚上的碼頭附近，有點悲壯。我真不好意思說淒涼，但是平常日的依達邵碼頭，真的什麼都沒有。我們兩個只好到碼頭去看湖景，其實什麼也看不到，黑濛濛的一片。然後又有蒼蠅在佳樺的身邊飛來飛去、飛來飛去。我實在受不了，只好一個人走開，試著用相機捕捉到夜色中的德化部落，雖然沒有閃光燈的話，我只能拍到一團黑色的霧。

「把霧換成了浪花，其實已經超過妳的海岸線了。」

這是大師跟我說的，我記得很清楚。我閉上眼睛，聽著湖邊隱約的浪花聲音。現在我算是把霧換成浪花嗎？很簡單嘛。閉上眼睛就好。

「千雅，妳在幹嘛？」

慌忙睜開眼睛，曾德恆的嘴巴像插座孔，說出來的話都會電人。

『我、我在聽浪花的聲音。』我一定很糗。

「浪花？」曾德恆應該笑了，「這是湖水，沒有浪花。」

『你、你怎麼一個人在這裡？』我岔開話題。

「我是來旅行的，不是來玩的。當然就一個人了。」

『旅行不就是玩嗎？』

曾德恆的側臉，其實也不是特別帥。不過在昏暗的夜色中，還不錯。我的臉熱熱的，他應該看不出我臉紅吧？

「一個人出來是旅行，一堆人出來是玩。」曾德恆伸了個懶腰。

「出發前我就決定要來旅行，所以就保持一個人了。」

『可是你現在跟我說話了。』我很疑惑。

可是當我一說完，我立刻後悔了。我怎麼會說出這麼笨的話？

「因為我看妳也是一個人啊。」

他應該笑了，可惡，夜太黑害我看不清楚他的表情。我好喜歡看他的笑容啊！

「妳也來旅行的嗎？」

我聳聳肩，沒有回答。旅行，還是玩？我來的原因，其實是為了墜落。

「妳知道日月潭的故事嗎？」曾德恆問我。

『下午遊湖船上的導遊有說過。』我很得意說著。

「他說的是神話，我說的是故事。」

『不一樣嗎？』

「不一樣。」

有一個女孩，喜歡著一個勇士。勇士外出打獵，每隔幾天就會回到碼頭邊，跟女孩見面。女孩總期待著這一天，每天太陽升起，女孩就會祈禱這一天勇士會回來，可以在碼頭邊上見到他。而如果失望了，睡前女孩也會祈禱，希望勇士隔天會回來。

後來，祈禱的次數越來越多，失望的次數也越來越多。勇士再也沒有回來了。女孩想，一定是自己錯過了勇士回來的時候，於是就每天都待在碼頭等待。日復一日，年復一年。為了不錯過任何一秒鐘，女孩在碼頭邊賣茶葉蛋，一邊等待勇士。

聽完之後，我驚呼。

『難道是下午那個碼頭邊的老太太？』

「我也不知道，下次來，妳可以問問她。」

『這個故事好美。』我說。

「是啊，每個人都在等待自己的勇士。」

『你、你也是嗎？』我瞪大了眼睛。

「我自己就是勇士，我等待的，是我的床。晚安了。」我點點頭，跟曾德恆揮手。

可惜他轉身的速度太快了，差一秒鐘就可以看見我揮手的樣子。

□

員工旅遊兩天一夜，佳樺一直抱怨太短了。公司要我們共體時艱，我也告訴佳樺，有兩天一夜不錯了。很多公司沒有員工旅遊，還要裁員呢。這兩天我只有那個晚上跟曾德恆說到話，其他時候即使遇見他，我也不敢打擾他「旅行」。

我想，我是來玩的。所以才會希望有人陪。而佳樺則是來趕蒼蠅的。

回到家之後，我癱坐在沙發上。還差一點點，大概就是日潭跟月潭的距離那樣。如果下一次，我跟曾德恆說「哈囉」早一點，而且不要哈哈哈好幾次，也許就靠近一步了。如果下一次，跟他說再見揮手快一點，也許我就不會好像沒說再見就掛電話，那種不舒服的感覺縈繞心頭。

突然好想跟大師說話，跟大師說那個賣茶葉蛋的老太太的故事。我才發現。我竟然沒有大師的聯絡方式。

第二首歌　**戲劇**

　　最美的都是悲劇。

　　所以不要忘了啊，也不會忘記。

　　看著妳的喜劇，是我的悲劇。

『這個故事很美,對嗎?』我驕傲地抬頭望著大師。

大師一反常態,沒有推推眼鏡對我笑,反而臉上帶著古怪的神情。

『怎麼了,你不覺得很浪漫?』我疑惑。

「很浪漫。」大師輕描淡寫地說著。

『你太不熱絡了,枉費我跟你分享這個故事。』

「如果是個故事,那很美。」

『大師你又來了!』我嘟嘴。

「我是認真的,如果只是個故事,那真的很美。」

『如果是真實發生的事呢?』

大師欲言又止。我把硬幣放在桌上,大師遲疑了幾秒鐘,才把我的橘子水拿過來。我在橘子水塑膠袋的尖口上,咬了一個小洞,讓橘子水細細地噴進我的口中,慢慢享受那種微微酸甜的感受。

我現在可以把整個雜貨店所有的橘子水買回去。還可以買一年份、兩年份、三年份。但是卻買不回我小時候珍惜這個滋味的感受。爸爸過世之後,我在小舅媽家裡生活。小舅跟小舅媽都對我很好,也會管我,但我一點都不覺得難過,因為我受到了保護。對於難過,我只覺得見不到爸爸的臉,牽不到他的手,有點冷而已。

買不到了。我很清楚的。

「好玩嗎?」大師問我。

『我是去旅行的,不是去玩。』我說。

「旅行要揹著行囊，去玩的話，只要快樂就好。」

『大師，你的定義更厲害，不愧是大師。』

我知道自己說溜了嘴，只好補充那個旅行的定義其實是曾德恆說的。

「看來這次的旅程還算有收穫。」大師說。

『是啊，可惜茶葉蛋不能放那麼久，真想帶一個回來給你。』

「謝謝，我很開心。」

『你看起來不是很開心。』我說。

「因為老先生最近情緒很不穩定。」

『你啊……』我搖頭，『你應該找機會離開這裡的。』

大師笑了笑。

『你該不會又要跟我說海岸線那一套吧？』

「天氣欲重陽幾番風雨，登臨望故國萬里山河。」

『請解釋。』我說。

「總之，」大師推了推眼鏡，「妳告訴他了嗎？」

『告訴什麼？』

「妳的墜落。」

我搖頭：『當然沒有，我不想打擾他的旅行。』

「妳不想那麼快墜落才是真的。」

『要你管。』我扮了個鬼臉。

中午休息時間很短，我必須離開了。不知道為什麼，我走到吳老先生面前，遲疑了一下。吳老先生抬起頭，一邊戒備地

摸著腿上的餅乾盒一邊看著我。不，應該說瞪著我。我心跳好快，比看著曾德恆還要緊張。

『吳老先生。』我說。

「咋啦？」

吳老先生的防衛心，很重。至少比我的體重還重。

『您、您最近好嗎？』

「好得。咋啦？」

『沒事兒。』我吐舌：『天氣轉涼了，要多加件衣服。』

「又咋啦？」吳老先生右手搓揉著膝蓋。

『我要回去上班了，明天再來。再見。』

我好像聽見吳老先生「呔」了一聲，但我不介意。走出雜貨店，我才發現忘了跟大師說再見。

『大師。』大師這次不慌張了，抓著頭對我笑。

『幫我問候小師。』

我說完馬上調頭離開，隱約聽見大師在我身後大笑。

「幫我問候你大姐！」聲音越來越小。

笨蛋，我沒有姊妹。我爸爸只有我一個女兒。笨蛋。

□

晚上，我跟佳樺去吃宵夜。最近佳樺心情特別好，人也跟著漂亮了。雖然本來就很漂亮。我想她應該從小到大，當班花、校花已經當到厭煩了吧。如果可以為了這種事情煩惱，我真想煩惱一下看看。

『佳樺，我跟妳說一個祕密，妳不可以說出去喔。』

我終於受不了，想多聽一個人的意見。大師總是說著我聽不懂的哲理，我想回歸凡人的世界。

「妳放心，我的口風跟死掉的蛤蜊一樣緊，煮也煮不開。」

『這個比喻爛透了。』我笑著：『我跟妳說，我喜歡曾德恆。』

「這也算祕密？」

『蔡佳樺，妳怎麼這樣說？』

「拜託，我怎麼可能看不出來，我號稱蔡仙姑呢。」

『這麼明顯嗎？』

我喝了一口啤酒。其實我才不喜歡喝這種苦苦辣辣的飲料。

「老實說，妳為什麼喜歡他？」我想了想，有點不好意思。

『大概是……喜歡他有點神祕的感覺。』

「這是什麼理由，好怪。」

『哪會！』我抗議，『我喜歡他那種很靜、很沉穩的樣子。』

「所以妳是喜歡他的難以了解？」

『應該吧。』

「那妳不是真的喜歡他。」

『誰說的！』

「妳只是喜歡妳的想像而已。」佳樺說：「等到哪一天，妳了解了以後，就會發現妳根本不喜歡他。」

『才不會，我的愛情沒有那麼廉價。』

我又喝了一口啤酒，有點賭氣地不看蔡佳樺。

「小女孩，愛情開始於幻想，結束於了解。」

『我不是幻想，我是期待。』我生氣了。

「我知道，妳要勇敢去了解才行。」

『那仙姑，我該怎麼行動？』我試探性問著。

墜落啊。陷進去就好了。仙姑說。怎麼跟大師說的一樣。

□

　　吃完宵夜以後，本來應該直接搭車回家的。不知道為什麼，我又走回了雜貨店，大師正好把鐵門拉下。雜貨店的鐵門是傳統式的直立式拉門，靠著兩根長長的鐵軌道移動。鐵門拉到最下面，跟地面接觸的時候，會發出「碰」的聲音，我眨了一下眼睛，這個聲音讓我有點嚇到。

「如歌？」

『我不是如歌，我是馬千雅。』我說。

「現在才下班？」

『沒，我剛跟同事吃完宵夜，碰巧經過。』

「是嗎？」大師笑著，「真巧，我剛好要回家了。」

『吳老先生呢？』

「早睡了，他七點半就會洗澡，九點以前就會上床睡覺了。」

『哇，那上次你跟我去聚餐，誰關門？』

「所以你知道他爲什麼這麼生氣了吧！」我突然有點內疚。

『對不起。』

「道歉什麼，又不是妳的錯。」

『吳老先生爲什麼堅持要開雜貨店？現在的社會，雜貨店早就……』

「早就落伍了，對吧？」

『是啊，這樣經營不是很累嗎？』

「很累，而且如果沒業績，也經常有個女孩子來櫃台站著只買一塊錢的橘子水，是我也會生氣。」

『你說我？我每次都有買礦泉水。』我生氣著。

公司就有飲水機了，害我每次都被佳樺取笑。

「我開玩笑的，其實他很喜歡妳來。」

『騙人。』

「是眞的，我不會騙妳的。」

『你知道嗎？今天我跟佳樺說了我的祕密。』

「佳樺？」

『就是我的同事，上次一直找你說話的那個。』

「噢，很漂亮的那個女孩。」大師笑著。

『是的，我今天跟她說了。』

「結果呢？」

『她跟你說的一樣。』

幹嘛一直叫我墜落啊？眞是的。不知不覺，我竟然已經走到捷運站的入口。應該說，大師故意帶著我往這個方向走。

「呵呵，她說的真是太有道理了。」大師推了推眼鏡。

『你幹嘛拐彎抹角稱讚自己？』

「被發現了。」

『其實，我覺得愛情可以不必墜落的。』我很堅定地說。

大師點點頭：「晚了，早點回去休息吧。」

『你還沒回答我的問題。』大師愣了好幾秒鐘，然後抓抓頭。

「哪一個問題？」

『為什麼吳老先生堅持要開雜貨店？』

「晚了，我下次再告訴妳。」

『有那麼難解釋嗎？』

「是的，這個答案很長。」

很長？理由這麼複雜嗎？我好奇地問。

「有些問題的答案，要花一輩子去回答。」大師說。

「老先生的答案就是這樣。」我嘟嘴了，我知道。

大師拍拍我的頭，像哄小孩子一樣。

「晚了，早點回去吧，幫我問候妳大姐。」

『我沒有大姐，笨蛋！』我生氣地。

「怎麼，妳大姐不是『馬萬雅』嗎？」

大師笑了。然後唉唉叫了。因為我的高跟鞋踢在他的小腿上。

□

佳樺請假的那一天，公司的空氣有點稀薄。只有我一個人這麼想嗎？大家還在自己的軌道上面走著，只有我呼吸困難。我開始幻想，如果有一天這個世界只剩下我能夠說話，我會說些什麼。

『要我教你們說話嗎？』我大概會這麼說吧。

突然發現整個公司，找不到一個可以說話，好難受。

那一天我什麼都不想做，哪裡也不想去。這些日子以來，第一次我沒到雜貨店去。隔天佳樺來了，世界又恢復了顏色，我看得好清楚。

『昨天怎麼了？』我好奇。

「昨天不宜出門，所以我待在家裡。」佳樺說。

『爲什麼不宜出門？』

「仙姑說的。」佳樺指著自己。

她告訴我自己突然想放一天假，什麼也不想。讓自己暫時離開世界，然後重新回來的時候，會比較快樂。

『那妳回來了嗎？』我問。

「妳說呢？」

『歡迎回來。』我笑著。

我告訴佳樺，她沒來公司的昨天，時間過得很慢，空氣很稀薄。

「現在知道仙姑的厲害了吧！」

『妳得意的樣子，好糟糕喔。』

「糟糕也是一種美麗，看妳懂不懂得欣賞而已。」

『天啊，妳說話越來越像一個人。』

「妳幹嘛不找曾德恆說話？」

我嘟著嘴，假裝翻找文件。

「妳幹嘛不找他說話？」佳樺聲音大了點。

『我聽到了。』我說。

「妳裝死。」

『我不知道要說什麼。』

「妳是不知道跟我說什麼，還是不知道跟他說什麼？」

『都不知道。』

「真好，妳這輩子已經沒有遺憾了。」

『怎麼這麼說？』我疑惑了。

「當一個人不知道該怎麼說話，也就沒有煩惱了。」

　　中午吃飯時間，我一直想著蔡仙姑的話。沒有話可說，所以就沒有煩惱。那我一直想找曾德恆說話？這樣是代表我很想煩惱嗎？不，我最討厭煩惱了。吃完飯以後，果然我又走到了雜貨店去。

『大師，你想說話嗎？』

　　大師看到我，似乎有點驚訝。

「智者有話要說，愚者想要說話。」大師說。

『所以？』

「我是大師，當然是有話要說，而不會想說話。」

『可是我沒有話要說，只是想說話。』我嘆了一口氣。

　　果然，我的人生簡單得有點愚蠢。

「一點都不愚蠢。」大師指正。

『可是你不是說，愚者想要說話嗎？』

「是的，但是要看妳想跟誰說話。」

『跟他。』

「妳說了嗎？」

『還沒。』我搖頭，『我不敢。』

「所以妳不敢當一個愚者，代表妳才是最聰明的。」

我笑了。把一塊錢放在桌上以後，大師一如往常匆匆忙忙拿了兩條橘子水給我，在尖口上咬了一個小小的洞之後，我享受橘子水灌進我的嘴巴的快樂。

「下次我不進這個了，免得妳整天吃這種沒有營養的東西。」

『這樣我就少了來這裡的動機了啊！』我說。

「妳昨天怎麼沒來？」

『喔？』我笑了，『你猜。』

「該不會是……」大師回頭看了吳老先生一眼。他正在打盹兒。

「該不會是我沒告訴妳原因，妳生氣了吧？」

大師用氣音說話，讓我覺得耳朵癢癢的。

『是的。』其實不是啦，哈哈。

「不要這樣，我找機會再告訴妳。」

然後，又爆炸了。吳老先生雷霆大發，雜貨店突然雷電交加。我有點不清楚發生什麼事，慌慌張張就想趕緊逃離。

「沒事、沒事。」大師攔阻我。

『吳老先生對不起，我要回去上班了。』我對著吳老先生說。

他還是繼續劈哩啪啦罵著，一如往常我仍舊沒聽懂。

「他今天生氣是有原因的，但不是因為妳。」大師說。

我搖頭，其實我總覺得吳老先生很討厭我。

「才不，他昨天還問我，妳怎麼沒來呢。」

『大師，你在哄我對吧？』我嘟嘴，『包括剛剛那個智者、愚者。』

大師搖頭，無奈笑了一下：「妳晚上有空嗎？」

我轉頭對著大師笑了一下。我猜，我的笑容應該還不錯吧，大師的臉這樣告訴我。然後我就離開雜貨店了。

□

那天下班後，我就到雜貨店報到了。可是雜貨店大門深鎖。有那麼一瞬間我以為這一切都是夢而已。沒有大師、沒有吳老先生。沒有我懷念的橘子水的氣味，什麼都沒有了。爸爸離開後不知道第幾天，我也有這種感覺。好像第一次正視自己的憂傷，然後才發現自己的人生是個悲劇。

我會不會發現得太晚了呢？

很奇怪的，我沒有哭。那一天我想起爸爸沒有，今天也沒有。我就坐在雜貨店門口，任憑路人眼光如潮水向我拍打。

『原來，大師說的海岸線，是這麼一回事。』

我終於發現了。坐了多久我忘了，但我還記得在末班車發車之前離開。理性還是好厲害，總會在關鍵時刻探出頭來，就看你理不理會了。

□

好一陣子，我都沒有去雜貨店。因為我害怕那種悲劇。誰說不會發生呢？我也以為爸爸不會走，然後爸爸就走了。如果這一切真的是夢，我只要不再回去，夢就不會醒。一切就會是真的了。

這些日子我應當有些古怪，可是蔡佳樺卻沒有問我。更奇怪的是，每次都會問我大師又說了些什麼的她，最近卻異常沉默。我終於忍不住開口問了，蔡佳樺只是避重就輕的笑著。

『我覺得妳應該跟我說。』我嘟嘴。

「說什麼呢？」佳樺聳肩。

『說妳最近怎麼了啊！』

「我什麼也沒有啊。」

『有，妳有。』我很堅定。

「老實說，我真的沒怎麼樣，一切都很好，也一樣美。」

『我現在又懷疑妳應該很正常了。』尤其聽到一樣美三個字。

「最近的妳，比較怪吧。」

是啊是啊是啊是啊，妳看出來了？

『妳都不問我大師的事嗎？』

「女孩，妳不想說，我就不會問啊。」

『妳都不問我，會讓我很害怕。』

「害怕？」

我怕大師其實不存在，我怕我又輕易被捨棄了。我怕這個世界其實不是那麼需要我，或者，我不是那麼重要。

「妳等一下是不是要哭了？」佳樺好奇問我。

『才沒有咧！』我抗議。

「我開玩笑的。」佳樺呵呵笑的樣子好欠揍。

「我真的沒事，倒是妳……」佳樺掐指不知道在算什麼。

『我怎麼？』

「中午應該會吃義大利麵。」

『怎麼會？我想吃水餃。』

「不，妳要吃義大利麵，因為仙姑我想吃。」

看來真的是我想太多了。奇怪的，其實是我。而奇怪的我看見的世界，每個人都好奇怪。

□

上班跟下班從站牌或者捷運站走到公司，都不會經過雜貨店。那麼我那天是怎麼發現雜貨店的呢？我想不起來了，只記得那天有個很突然的雨。過了幾天以後，我才下定決心去雜貨店看看。我想念橘子水。想念得要命。

下定決心其實不難，我發現我總是在下決心。只是下好了決心沒有後悔比較難。而下了決心又做到，就更難了。總算，

我還是踏進了雜貨店。天空又飄起雨。我肚子有點餓。大師看了我把硬幣放在桌上的動作，突然站了起來。

『幹嘛嚇我？』

「如歌？」大師拿了橘子水給我：「少吃點這種東西。」

『我不是如歌！還有，』我拿走橘子水。『你每次見了我都要說一次少吃點嗎？』

「善攻者，敵不知其所守。善守者，敵不知其所攻。」

『聽、不、懂。』

大師沒有回答，走向吳老先生，不知道說著什麼。吳老先生又開始罵了一大堆，然後往裡面走去。

『大師，吳老先生在罵我嗎？』大師回來以後，我偷偷問著。

「才不是，妳怎麼會這麼想。」

『那他說什麼呢？』

「妳怎麼這麼久都沒有來呢？生病了？」

『你每次都扯開話題。』

「抱歉、抱歉，不是故意的，是我的腦動得快了點。」

『你還說，明明是你放我鴿子。』

「放你鴿子？」

是啊，那天是你自己問我晚上有沒有空的。我卻沒有看見你，還在這裡枯等了好久。

「真的嗎？」大師很訝異，「我想妳沒答應我，還以為……」

『我對你笑了啊,你怎麼突然變笨了。』

「對不起。」大師笑著,「那天晚上,妳有哭嗎?」

『你神經病。』我好生氣、好生氣。然後就在大師面前哭了。

□

大師如果有女朋友,一定很快就會分手。我詛咒他。我哭著,大師卻沒有安慰我,只是安靜地看著。一直到我覺得這樣哭很無趣,肚子也更餓了。突然間,我以為自己聽到了海浪的聲音,那種要在很安靜、很安靜的時候,才聽得見的細微聲音。一陣、一陣。是我的哭聲嗎?

我因此停止了哭泣。還真是個容易打發的人啊我。

『你都不安慰我嗎?』我是真的很好奇。

「我在安慰妳了。」大師說。

『沒有啊……』我知道我又嘟嘴了。

「現在妳需要的不是我的道歉,也不是理由。」

『那是什麼?』分明就是想推託。

「妳需要一個故事。」大師說:「不,不能說是故事。」

是一個過程。所以就不美了,因為不是故事。

『過程跟故事?你在說什麼?』

「妳看見吳老先生腿上的餅乾盒了?」

『看見了。』我點頭。

「擦得很亮,對嗎?」

『這是重點嗎？』我想知道重點，然後仔細聽清楚。

「是啊。」大師說，「有人就是喜歡把東西擦得亮晶晶的。」

特別是回憶。特別是回憶？聽到這幾個字，我差點跳了起來。我聽不懂，卻覺得好難過。

「妳今天要聽理由了嗎？」大師笑著問我。

『你不是說不講理由，哼。』

「被發現了？」大師偷笑了一下，「等我，等我一下。」

「吳老先生要睡了，我先收拾一下，把店關了以後再跟妳說。」

我在櫃台等著大師。吳老先生走出來，對著我罵著。我聽得懂的只有「別來」、「都別來」、「走」。不知道該離開還是該留下來，只好害怕地點點頭。大師走了出來，把吳老先生勸回去，然後給了我一個抱歉的微笑。

『大師，剛剛吳老先生在罵我嗎？』我看著大師拉下鐵門。

「聽起來像罵妳，其實是想念妳。」

『騙人。』

「他是這樣的，妳不要跟老人家計較。」

『我才沒有咧。』

鐵門拉下，「碰」了一聲。我的眼睛又眨了一下。

『大師，你要在哪裡跟我說？』我看了看手錶。

『找間店嗎？』

「不、不太好。」

『那要去哪裡？』

「老實說，我沒錢。出去消費太嚴苛了。」

『那我請你嘛，沒多少錢的。』

「如果不介意的話，到我的套房。」

你放心，我很安全的。大師說完，我才笑了。等了不知道
多少天的笑容。

□

第二次進入這個地方，一切擺設都沒變。也許因為本來就
沒有什麼擺設。大師還是坐在地板上，我還是在書桌前的椅子
上坐著。只覺得旁邊的菸盒很礙眼。

「那個餅乾盒擦得很亮。」大師看著地板說話。

「裡面的東西，更亮。」

『是回憶嗎？』我嘟著嘴。

「吳老先生一直在等待，所以，盒子裡面也可能是等待。」

『把等待擦亮幹嘛？』

「為了等到那個人。」

吳老太太。等吳老太太。吳老先生脾氣沒有那麼不好，其
實，他以前是個老師，書法老師。吳老太太開著那間雜貨店，
兩個人就這樣過了一輩子。一輩子只有三個字，卻要拿好幾十
年才寫得完。吳老太太會在櫃台跟鄰居們聊天，以前這附近沒
這麼多高樓的。或者有小孩子來買零嘴，吳老太太都會多塞幾
個糖果給他們。吳老先生退休以後，就坐在現在那個位置，然

後看著吳老太太忙上忙下。吳老太太始終不准許吳老先生插手的。

　　每天六點一到，老太太就會拿著高腳板凳，給時鐘上發條。

　　『你是說，牆壁上的那個老掛鐘？』

　　「是啊，妳有注意到？」

　　『我想那個時鐘都不走了還掛在那兒，很奇怪。』

　　「因為上發條的鎖頭在吳老先生那裡。」

　　於是，那個老邁的時鐘，就跟著吳老太太一起靜止了。吳老先生退休以後，還會替附近的孩子上書法課，吳老太太就會在櫃台替吳老先生磨墨，一罐又一罐。吳老先生只用吳老太太磨的墨水，其他外面買的成品，吳老先生是從來不用的。

　　『真看不出來，吳老先生是個書法老師呢。』我真驚詫。

　　「是啊，現在也沒有什麼人學書法了。」大師笑著。

　　『後來呢？』

　　「後來，吳老太太寫字終於還是快了一點。」

　　『寫字快了點？什麼意思？』

　　「一輩子啊。吳老太太寫得快了，所以先走了。」

　　「然後吳老先生就成了現在這樣，脾氣也越來越暴躁。」

　　『是嗎？』我說：『所以吳老先生很癡情。』

　　「差不多是這個意思。」

　　『可是為什麼吳老先生脾氣會變得這麼差呢？』

　　「因為眼前的人，已經不值得他用心去面對了吧。」

　　吳老太太過世後，吳老先生一個人顧著這間雜貨店。鄰居也許會來光顧，但吳老先生都不願打交道。小朋友來了，也不像吳老太太那樣，會多給些糖果，很熱情招呼。甚至，吳老先生偶爾還會趕走那些孩子。

　　『爲什麼？』我好奇。

　　「也許他不喜歡孩子吧。但我猜，是觸景傷情。」

　　『應該是。』

　　「後來，吳老先生記憶力開始變差了，有點老人痴呆症。」

　　所以經常會對著櫃台大罵，罵吳老太太出去買菜還不回來啦，罵怎麼這麼久都不打掃環境啦。

　　『他忘了……』

　　「是的，吳老先生忘了吳老太太已經走了。」

　　『所以現在他還以爲吳老太太還在？』

　　「是啊，所以多半時候，妳聽見他在罵人，都不是在罵妳。」

　　『是在罵吳老太太？』大師點點頭。

　　『聽起來好深情。』我說，『可是他罵人眞的太可怕了。』

　　「是啊，我也是磨練了好久，才百毒不侵。」

　　『這跟你那天放我鴿子有什麼關聯呢？』

　　「那一天啊……」

　　那一天，是吳老太太生日。每年這一天，他們都會去同一間湖南餐廳吃飯。

　　「所以那天我陪他去了餐廳。」

『所以你本來打算找我一起去？』我驚訝著。

「不是我，是吳老先生開口的。我才不敢。」

『眞的嗎？我不信。』

大師笑著點頭：「偷偷告訴妳，湖南餐廳已經倒很久了。」

『那你們那天去了哪裡？』我瞪大了眼睛。

「那邊已經換成了四川餐廳了，不過，吳老先生沒有發現。」

「這算是老年痴呆症的唯一好處吧。」

『如果有一天，那邊不做餐廳了呢？』大師笑了。

「妳認爲，吳老先生可以等到那一天嗎？」

我站起來，伸了個懶腰。

『好吧，我原諒你了。』我說。

「謝謝妳。」

『所以，你們吃完晚餐就回來了？』

「當然還有一陣咒罵啦。吳老先生認爲吳老太太應該要出現的。」

『他一定很生氣。』我嘆了口氣。

「還有失望。他已經失望了很多年了，而且還會失望下去。」

『那個餅乾盒裡面，放著的都是吳老太太的東西嗎？』

「我不知道。」大師聳聳肩。

『明年如果有機會，我要去。』

「喔？」

　　好悲傷。我突然覺得自己的悲劇其實不算什麼。雖然我也在夢裡見到爸爸，醒來之後失望得哭了出來。但至少我醒過來了。從夢中醒來，比較幸運吧。還是永遠不要醒來比較快樂呢？

　　「好晚了，妳該回去了。」大師站起來。

　　『是啊。』我看了看時間。

　　「我陪妳走去車站吧。」大師說，「晚了，危險。」

□

　　走往車站的路上，大師又哼起歌。我沒有聽過，可是跟上次的不一樣。

　　『大師，你在唱著什麼啊？』

　　「抱歉，隨便哼哼唱唱而已。」

　　『滿好聽的哩。』我笑著往前走了幾步，回頭看著大師。

　　『教我唱。』

　　「這……」大師抓抓頭：「我不會教啦。」

　　『你真小氣。』

　　我調頭往前走，好一下子沒看見大師跟上，才奇怪的回過頭。

　　『你在幹嘛？』我大聲問。

　　「文情生若春水，弦詠寄之天風。」

　　『什麼意思？』我停下腳步，大師才慢慢走過來。

　　「總之，今天謝謝妳。」

『謝我什麼？』我指著自己，驚訝地。

「謝謝妳願意原諒我，願意回來。」

『回來哪裡，雜貨店嗎？』

「是啊。」

我想了想，心裡突然好輕鬆，好像放開了太大的風箏。拉得好辛苦啊，這個大風箏。

『吳老先生還會繼續失望下去，對不對？』我問。

「想必是這樣了。」大師點頭。

『我一定要想辦法讓吳老先生不要失望。』

「怎麼做？」大師皺著眉頭。

『我還沒想到，』我說，『但是我會想到的。』

啪啪啪的高跟鞋敲打地面聲音，在夜晚的街頭迴響著。我回過頭，跟大師揮揮手。

『再見啦，明天見。』

「再見了，如歌。」我回頭對大師扮鬼臉，吐了舌頭。

在車上，我耳裡好像還聽見大師哼唱的歌。

好聽。

第三首歌　**鞠躬**

　　歡迎你的離去。

　　醒著的時候我想睡，睡了以後永不醒。

　　我的心偷偷呻吟，謝謝你的光臨。

　　我該怎麼找到機會把菸盒放回去呢？看著手裡的菸盒，那天晚上我失眠了。突然發現捏著菸盒的自己，有點像吳老先生。我們是不是都拿著一個東西，不知道該怎麼放回原位？

　　我拿起筆，在菸盒上面寫字。如果放回去大師的房間，他會在什麼時候發現？

　　發現的時候又會有什麼表情，唸著哪一首詩？後來我把菸盒帶在身邊，每一天都在尋找機會。

　　很簡單，不是尋找，就是等待。

□

　　又開始下雨了。有時候總會覺得這個地方的雨一旦開始墜落，就不願意離開。又墜落？

　　中午佳樺變身成蒼蠅拍，好幾個男同事圍繞在她的身邊。我知道今天我又得自己吃中飯了。也不是佳樺沒有約我，而是我討厭跟不熟的人吃飯。肚子已經很餓了，還得分神去回他們無聊的話。而且如此無聊的旅程，從等待下樓的電梯就開始了。下樓的電梯總是人多。等待電梯時候人多，進入電梯還是人多。這種場合總讓我有點不舒服的暈眩。

　　佳樺會搶著快點入電梯，我總是被她拉著走。而我單獨一人的時候，總是習慣等到人潮漸漸散去，才想走進去。等待電梯的時候，我從皮包裡拿出大師的菸盒發呆。這是我趁著大師拿從衣櫥裡拿外套的時候，眼明手快偷拿的。我第一次做這種事，心裡緊張得乒乒砰砰。只是一個念頭而已。現在讓我回想

起來，眞有點好笑。我只是想看大師發愣的表情而已。

「妳抽菸嗎？」我回過頭，電梯此時剛好「叮」的一聲。

『我……』

是曾德恆，我知道我的臉很燙了現在。在大家的推擠中，我進入了電梯，在中間偏後面的位置。我的右手邊有兩個人，左手邊有一個。曾德恆在靠近門的地方。剛才電梯廳的嘈雜好像被這個厚重的鐵門隔絕了。突然的安靜讓我也不知如何澄清剛才的狀況。

然後我就昏倒了。

過了幾秒鐘，電梯裡面的人開始騷動，我才發現原來不是我昏倒。而是電梯突然停了下來，也沒了光線。這種眼前突然一黑的感覺很奇妙，尤其我小時候時常昏倒，特別覺得熟悉得過份。大家開始慌張了，有人開始按著緊急呼救按鈕，有人焦急地問候別人的母親。我只覺得自己還在昏倒的狀態下，連慌張都沒有辦法。

「千雅？」熟悉的聲音。

『啊？』我慌張摀著嘴，才發現沒有人看得見我的窘境。

「千雅，妳還好嗎？」聲音在我的右前方。

我還不知道該怎麼回答，右手邊的男同事手肘撞了我一下。

「搞什麼，好歹也要有緊急照明，現在這樣……」

他開始劈哩啪啦咒罵起來。我想起吳老先生。吳老先生比這個人好多了，我相信即使在這樣的狀態下，他還是會緊緊抓

著那個光亮的雙喜餅乾盒。

「千雅？」曾德恆聲音又傳過來。

『我、我不抽菸。』我說。

突然整個電梯內的聲音都消失，一瞬間我還以為自己真的昏倒了。過了幾秒鐘之後，不知道誰先開始的，大家笑了起來。

右邊的那個暴躁男同事笑得特別大聲：「小姐，妳的回答實在太有趣了。」

我緊張得都快哭出來了，這個人還調侃我。沒想到跟曾德恆的距離這麼近，我卻出糗了。

「我還以為妳抽菸呢，看妳拿著那個菸盒出神。」曾德恆的聲音傳過來，大家的笑聲才停止。

『沒有，不是這樣。』我怯生生的聲音，聽了連自己都想哭。

「不要緊張。」曾德恆說。

我不知道他是說在電梯遇到停電，不要緊張，還是說面對這種被嘲笑的狀況，不要緊張。但是這幾個字好簡單我小學就會寫了，現在才發現力量好大，非常大。

「碰」的一聲，空調運轉的聲音傳到我的耳朵裡。我從昏迷中醒覺過來，電梯恢復了光亮。大家的騷動比起剛停電的時候更大，我覺得很奇妙。這個時候不是應該開心嗎？或許比起遇到停電，他們更加害怕以為電來了，突然又落空。一樓的燈號亮起，大家走出電梯門，我也鬆了一口氣。這個時候我才發

現，原來剛剛的狀況有多麼緊急。

「你聽清楚！」曾德恆的聲音很奇怪，不像以前那麼和緩。

我往右邊看過去，曾德恆站在原先在我右邊的男同事面前。

「如果你不知道我在跟那個女孩說什麼，不要隨便嘲笑她。」

「你無法安撫大家沒關係，」曾德恆雙手抱在胸前。

「不要孬種到要依靠嘲笑別人消弭自己的緊張。」

我呆呆站在原地。我想這個電梯過班了，目的地該是一樓。它卻把我帶到很深、很深的地底下去。墜落了，我知道我墜落了。

□

原來不是停電，而是電梯故障了。下班的時候，還看見一堆戴著黃色工程安全帽的人在修理。也因此下班的人潮無法輕易被疏散，我們都在電梯廳等待。

「怎麼會找這個時候保養電梯？」

佳樺看著右邊的電梯門貼著的紙條，百思不解。

『如果好好保養的話，我就不會墜落了。』我說。

「妳說什麼？」佳樺突然轉過頭看著我。

『我是說……』我手忙腳亂，『中午的時候就故障了。』

然後我才告訴佳樺中午發生的事。

「這是凶兆。」佳樺說。

「妳臉紅幹嘛？」她好奇地問我。

『沒有啦。』我說，『仙姑，你要不要去吃晚餐？』

「怎麼這麼突然？」

『因爲我中午太匆忙了，啥也沒吃。』

我只記得自己看見曾德恆生氣的樣子之後，裝作若無其事離開。然後在附近晃盪好久，休息時間快結束了，才發現自己什麼也沒吃。肚子餓得咕嚕咕嚕叫了現在。佳樺答應了我之後，我們走了好久。下著雨的時候，路上的人特別多，十分擁擠。終於找到了比較乾淨的店，我的袖子已經溼透了。

「妳說什麼？」佳樺瞪大了眼睛。

『妳的眼睛好大喔。』我說。

「別扯開話題，妳說曾德恆修理那個男的？」

『不是修理啦。』我低頭吃麵：『是告誡他。』

「眞是難以相信。」佳樺不停搖頭。

我開心地吃著麵。突然之間，一切都很美好。喜劇總算開始上演了，我想。原來這就是墜落啊！

「那妳怎麼不跟他去吃中飯？」佳樺看著我。

『就、就……我不知道，我就急急忙忙走了。』

「這樣不對，妳應該請他吃飯。」

『請他吃飯？』我停下筷子。

「不要嘟嘴。」佳樺湊過來，抓著我的肩膀。

「妳應該謝謝他幫妳出氣，請他吃飯作爲答謝。」

我頹喪地放下筷子：『來不及了。』

「怎麼會？明天啊，明天跟他說。」

『都過去了，這樣突然去找他，好奇怪。』

「怎麼會呢，這是禮貌。」佳樺搖頭。

『我不知道怎麼開口啦！』

　　我拿起筷子，不顧淑女形象大口、大口吃著麵。外面的雨，大口、大口地吃著這個世界。好吃極了。於是流了滿地的口水。

□

『大師，你有沒有被困在電梯裡面過？』我收起了傘，在外頭甩了甩才走進去。

「善戰者，求之於勢，不責於人，故能擇人任勢。」

『孫子兵法。』我說。

「聰明。」

　　我找了老半天，卻沒找到任何一個硬幣。

「今天我請妳吧。」大師笑著。

『哇，今天真是幸運的一天。』

「是嗎？」

『是啊，我今天中午被困在電梯裡面。』

「那還幸運？」大師又發愣了。

『就因為被困住，所以我才墜落了。』我笑著。

　　大師微笑點頭，拿了橘子水給我。我咬了一個尖口。一點一滴。我看見大師的微笑，連眼睛都笑了。

「妳知道嗎？」大師說：「妳開心的樣子，好像一首歌。」

□

「所以，妳要問我該怎麼開口約他？」

『大師果然就是大師。』我豎起大拇指。

「我先問妳一個問題。」大師一邊收拾東西。

『問正經一點的喔。』

我很不想又聽見大師問我大姐是不是馬萬雅還是馬百雅。

大師笑了笑：「妳有沒有親戚叫做牛千雅？」

『大師！』

「開玩笑的。」大師抓抓頭：「妳啊⋯⋯」

『嗯？』

「妳準備好要墜落了嗎？」

天空準備好要下雨了嗎？電梯準備好要停留在某個樓層嗎？吳老先生準備好了要永遠等待吳老太太嗎？佳樺準備好當這麼久的蒼蠅拍嗎？這些問題的答案都一樣。

『我不知道我準備好了沒有。』我搖頭。

『但是我決定要墜落了。』

「好！」大師大吼一聲。

『小聲點啦！』我看著裡面：『吵到老先生你就完蛋了。』

「好。」大師用氣音又說了一次。

『你好糟糕喔你。』我笑著。

大師給了我幾個方法。除了中午吃飯前直接跑去邀約，這

個我絕對辦不到的方式之外。最後我決定，要使用「巧遇」這個方法。雖然聽起來很笨，至少不會讓我太過尷尬。

『大師，你覺得這樣可以嗎？』我很焦慮。

「當妳決定好了要墜落，就沒有不可以的。」

『如果被拒絕了呢？』

「妳擔心被拒絕嗎？」

我點頭，然後又搖頭。

『不是擔心被拒絕，是擔心尷尬的狀況。』

「相信我，一定沒問題。」

『那有問題怎麼辦？』

「我負責。」

你負責有什麼用啊？哼。不過，我總算踏實了許多。

『大師，謝謝你啊。』

「不必謝我，看到妳這麼開心，我也替妳開心。」大師繼續收拾著。

「妳先回家養精蓄銳吧，我還要收拾一下。」

『謝謝你，晚安囉。』我揮揮手。

打開傘。我回過頭對大師笑了一下。然後又看見他慌慌張張的樣子。看來，大師的電梯也故障了。

□

一早開始，我就心神不寧。要墜落之前，原來會這麼不安。我想起學生時代去遊樂園玩那些遊樂設施，享受尖叫的快

感。排隊等待著的時候，也是一樣的心情吧。

　　十二點一到，我迅速打了卡，走到電梯口。一反常態的我隨著擁擠的大家一起前進，因為我必須把握時間。期間我還不停地注意曾德恆是否已經先行離開。一樓的燈號亮了，我快步走向大樓門口，手裡的雨傘蠢蠢欲動。

　　『再等一下。』我對著雨傘說。或者，是對著自己說。

　　時間對我來說，就像騎樓不停低落的雨水一樣，滴滴答答的。有那麼一秒鐘，我反而期望不要遇見他。我就可以不必說出邀約，也不必面對可能的拒絕了。

　　然後我又拿著鉛筆往插座孔插進去。我跳了一下，曾德恆出現在我的面前，電到了我。深呼吸了無數次，腦海中也演練到厭煩的地步。我握緊了雨傘，準備往前走。我準備好了，我準備要墜落了。

　　接著，曾德恆小跑步起來，走向一個女孩。然後對著她笑，然後兩個人就撐著傘走了。我已經要墜落了，我是說真的。後面發生什麼我就不知道了，我只知道外頭下著大雨。我卻努力不要讓自己的心跳淋溼。

　　我還以為會是喜劇的，至少我這麼期待了。沒想到竟然是悲劇。

□

　　努力了一個下午，包括在佳樺的面前，我都沒有放棄。我沒有哭。只是我不知道，原來準備好墜落到愛情裡面，也可能

粉身碎骨。

下班以後，我走到雜貨店去。一看見大師，我的努力就跟著大雨一起被沖走了。

「怎麼了，看見我如此感動？」大師的聲音聽起來很柔。

『大師，你跟我說墜落也許會痛、也許會受傷……』

可是，你沒告訴我會這麼痛，會受這麼嚴重的傷啊！大師沒有說話，只是拿了橘子水給我。小時候我跌倒了，或者考試考差了，爸爸也會自己買橘子水給我。雖然爸爸一向不喜歡我吃這種東西，但我看見了橘子水，就不哭了。

「發生什麼事了？」大師苦笑看著我。

『我好糗喔。』我喝著橘子水，尖口衝出來的汁液，讓我舌頭好癢。

「怎麼會呢，妳絕對不糗的。」

我把狀況告訴大師，不知道為什麼，說出來之後，眼淚就停了。原來眼淚的馬達在舌頭，只要說出來就好多了。

「這真的太過分了！」大師咬牙切齒，「現在只剩下一個辦法。」

『什麼辦法？』我嘟嘴。

「大概就是派狙擊手去殺了他吧。」大師鼻子噴出重重的氣。

「哼，這種錢可不能省。」

『大師，你不是說你很窮嗎？』我嘟著嘴。『而且沒那麼嚴重吧。』

「啊，妳發現了啊！」大師笑了。

『發現什麼？』我嘴巴嘟得很累。

「沒那麼嚴重啊！」

「沒那麼嚴重啦，千雅。」爸爸也是這樣跟我說的，每一次。

每一次我覺得失敗了，難過了，爸爸都會這樣安慰我的。

『可是……看來我是沒希望了。』我嘆了一口氣。

「為什麼妳會這樣覺得呢？」

『他都跟那個女生走了。』

「那又怎麼樣呢？」大師問我。

『代表我失戀啦。』我又嘆氣。

「妳怎麼知道那是他的女朋友？」大師說，「或許只是普通朋友。」

『大師，我知道你在安慰我。』

「我可沒有，我是實話實說。」

我現在只想癱坐在地板上，不管有多麼溼。

『吳老先生呢？』我扯開話題，讓自己舒緩一點。

「休息了。」大師說。

『大師，沒想到這是一場悲劇。』

「不要亂說，妳要相信我。」大師笑著，「我直覺很準的。」

『大師，我肚子餓了，你要不要吃飯？』

大師帶我到一個小巷子裡面的小店，賣大滷麵的。我點了一碗大滷麵，大師也是。很好吃，非常好吃，我最喜歡吃美食了。

　　「要來盤肉嗎？」大師問我。

　　『豬肉嗎？好啊。』我說。

　　「要肝邊肉還是嘴邊肉？」

　　『嗯……肝邊肉好了。』我說。

　　「嘴邊肉比較好吃。」大師一動也不動。

　　『那就嘴邊肉。』我說。

　　「聰明的選擇。」

　　那你一開始何必問我啊。笨蛋大師。

　　大師端了一盤肉回來，配著薑絲以及沾醬，我好滿足。肥瘦適當，肉質鮮美。我從來不知道這樣的小巷子裡面有如此美味的小店。那一秒鐘我忘記了今天的悲劇。真是簡單的人啊，我。

　　『你怎麼不吃肉？』大師只是看著我，自己卻沒動筷子。

　　「我會證明這不是悲劇的。」大師看著我津津有味的吃著肉。

　　『怎麼證明？』我嘟著嘴。

　　「這個妳就不必知道了，大師自然有大師的方法。」

　　『幹嘛這麼驕傲啊你。』我白了大師一眼。

　　我搶先結了帳，大師一臉不好意思。

　　『我今天沒有請到他，只好拿你來開刀。』我說。

　　「這樣很不好意思。」

　　『算是謝謝你帶我來這麼棒的店吧。』

　　我笑著打開雨傘，回過頭。突然一陣大風，把我的傘給吹得開花了。

　　『糟糕！』

　　大師把我的傘接了過去，看了幾眼。

　　「傘骨斷了好幾根，不能用了已經。」

　　『真是悲慘啊今天。』我嘆了口氣。

　　「拿我的去用吧，反正我很近。」

　　『不要，雨這麼大……』我看著外面，搖頭拒絕。

　　「真的沒關係的。」大師很堅持。

　　『不然這樣吧，我陪你回去，你借把傘給我。』我笑著：

　　『你有多餘的傘吧？』

　　大師點頭。雖然在同一把傘的下面，大師卻走在我的身後。於是我全身都在傘下，被保護得好好的。雨傘在我的左後腦附近，我還是第一次以這樣的姿態跟別人撐傘。一般不都是並肩走嗎？

　　「這樣妳才不會淋溼。」大師說。

　　『可是你背後都溼了啊！』我說。

　　「不要緊的，背後溼透了，看不見。」大師笑著。

　　「臉不要溼透了比較要緊，不是嗎？」

大師又哼著歌。配著下雨的聲音聽起來，眞好聽。

□

我的手在皮包裡面找尋著。

「好險。」菸盒還在。

找了個機會，我把菸盒物歸原處。

大師會不會從我在菸盒裡面寫的字，聽見海浪的聲音呢？

□

「故上兵伐謀，其次伐交，其次伐兵，其下攻城。」

大師喃喃唸著：「攻城之法爲不得已。」

隔天，大師一見到我就開始孫子兵法。我聽不懂，於是開始嘟嘴。也許因爲覺得無趣，所以我沒有先付錢買橘子水。我走到吳老先生面前。

『吳老先生，今天好嗎？』老先生手蓋著餅乾盒，冷冷看著我。

「咋啦？」

『最近比較潮溼，要注意保暖喔。』我笑著。

「又咋啦？」吳老先生瞇著眼睛看我。

『上次我吃了一間賣大滷麵的，很好吃，下次買給你吃。』

「俺不要！」吳老先生哼了一聲。

『眞的很好吃喔，你不吃會後悔。』

我看著吳老先生：『眞的不要吃嗎？』

「都說了不要啦……」

後面我聽不懂，所以只好笑了笑，轉過頭對大師吐舌頭。

『大師，我聽不懂。』我說。

「呵呵，總之不是在罵妳，放心。」

『大師你剛剛又在那邊孫子兵法，到底在說什麼？』

「妳想聽嗎？」大師竊笑。

『那你不要說。』我賭氣。

「總之呢，我料事如神。」

『什麼意思？』

「那個女生，不是他女朋友。」

『什麼？』

我半信半疑。最好是叫做大師，就真的料事如神。那我看佳樺哪一天就會飛起來變成仙姑。

『你怎麼知道？』

「因為我料事如神啊。」

『我就知道你在騙我。』

「絕對沒有，我可以跟妳打賭。」

『賭什麼？』

「賭……」大師笑著：「妳輸了，以後就不准在我面前哭。」

□

不管是真的還是假的，我心裡的那片烏雲，的確被吹散了

不少。於是我也才敢跟佳樺開口，說這幾天來的經過。

「妳直接開口問他不就可以了？」佳樺抬起頭。

『如果這麼簡單，我還需要這麼難過嗎？』我嘟嘴。

「有的時候都是自己騙自己，難過也是、開心也是。」

『仙姑，妳跟大師越來越像了。』

「總之，中午就去問他。」

『我不敢。』我說。

「妳不問，我幫妳問！」

『不要鬧了啦妳。』

我一直以為佳樺是開玩笑的，沒想到中午她把蒼蠅趕走，始終跟在我身邊，讓我好不習慣。四處東張西望的她，更讓我提心吊膽。

『妳該不會真的要去問他吧？』我試探地問。

「當然，我可不能眼睜睜看妳折磨自己。」

『這樣很尷尬咧。』

佳樺轉過頭，氣呼呼地看著我。

「什麼東西很尷尬？」曾德恆走了過來。

電梯就是這麼討厭，又在這個時候開門了。曾德恆就在左手邊，佳樺在我右手邊。電梯裡面有著凝結的空氣，佳樺瞪著我，暗示我開口詢問。我只能拚命嘟嘴，用祈求的眼神看著佳樺。

「到底是什麼東西很尷尬啊？」曾德恆又開口問我。

『沒什麼。』我怯生生地。

「就是啊，那一天……」佳樺看來是忍不住了。

『那一天電梯故障了，讓我覺得很尷尬。』我說。

「是啊，沒想到會碰到這種事。」

佳樺推了我一下，可是力量也太大了一點。她應該不是蔡仙姑，應該改名叫做蔡鬥士。

『那天謝謝你。』我硬擠出這幾個字。

「謝謝我？」曾德恆指著自己。

我點點頭：『謝謝你幫我出氣。』

啊！我快要掉下去了，這種緊張的感覺好不舒服。

「喔，妳看到了？」曾德恆笑了。我喜歡他的笑臉。

『嗯。』

「千雅說啊，想請你吃飯呢，可是隔天你好像有事。」

真的掉下去了。這一秒鐘比一個鐘頭還要長，比考試收卷前的時間還難熬。我轉頭看著佳樺，心裡充滿了怨懟。

「是嗎？不要這麼客氣。」曾德恆笑著。

『應該的。』我說。

「最近我小妹在這裡實習，中午會找我吃飯，不如我們一起吃吧？」

『小妹？』

「是啊，她在附近的學校實習。」

『是嗎？』

是嗎？是嗎？喔，呵呵。小妹啊，我就說啊，難怪跟你這麼像。那我前幾天的難過，還真有點好笑。

『不了，那就再找個時間吧。』我說。

「我都好，不過就當吃個飯，不必招待我的。」

走出電梯門以後，我還以爲會看見晴空萬里的世界。不過，外面還是下著雨。我的臉出太陽了，我知道。佳樺一臉「早跟妳說了吧」的樣子，現在看起來……

還眞順眼。

□

我買了大滷麵，三碗。擔心吳老先生已經洗澡準備休息，我還拚命跑著到雜貨店去。

「喔，這麼匆忙？」大師驚訝地看著我。

『吳老先生！』我放下雨傘，走到吳老先生面前。

『這個就是好吃的大滷麵喔！』

吳老先生鼻哼了一聲，轉過頭去。我繞到他的面前，拎著裝大滷麵的袋子：『很好吃的。』

「好吃咋啦？」

『我們一起吃，好不好？』大師走了過來，把靠著牆的小折疊桌搬過來，打開。

「有我的份嗎？」

『當然有啊。』我說：『還有好吃的嘴邊肉。』

吳老先生還是一動不動，把頭偏向另外一邊。

「沒關係的，別介意。」大師小聲地。

『不會。』我瞇著眼睛笑著。

我跟大師把東西都放好，端著麵放到老先生桌前。吳老先生拿起筷子，端著碗就吃了起來。我超開心的，開心得差點跳了起來。這是第一次，吳老先生對我露出和善的樣子。即使他還是正眼也不瞧我一眼。

『好吃嗎？』我試探地問著。

吳老先生轉過頭看著我，好半晌之後，才點點頭。我看了大師一眼，我們都笑了。雖然吳老先生還是沒有笑。

□

吳老先生進去休息了以後，我暢快地喝著橘子水。

「其實，他今天還問我，妳什麼時候要買大滷麵給他吃。」

『真的嗎？』我瞪大了眼睛。

「所以妳拿著麵走進來，我想他比誰都開心。」大師點頭。

『真是太好了，你真的沒騙我？』

「我從來沒騙過妳啊。」

我現在終於知道，開心得手舞足蹈是什麼心情了。真是開心到了極點，我好想站起來大吼大叫，亂蹦亂跳。

「看來妳今天很快樂。」大師說。

『是啊，我要先表揚你，你果然是大師。』

「是嗎？」

我點頭，興奮地把中午發生的事告訴大師。

「看來一切都跟我想的一樣。」

『你究竟是怎麼知道的？』

大師遲疑了一下：「我不是說過了？我是大師啊。」

『騙人，你說你不會騙我的。』

大師嘆了一口氣，搖頭看著我。

「妳不是說妳想學我唱的歌嗎？」我想了想之後，點點頭。

『是啊。』我想了一想，『你又扯開話題！』

「我怎麼知道的不重要，重點是答案已經揭曉了。」

『可是我好奇啊！』我嘟著嘴。

大師又拿了一條橘子水給我。

「慶祝今天有好事發生，我們乾杯！」

我接過橘子水，在尖口咬了個小洞，跟大師手上的橘子水碰了一下。

『乾杯！』我笑了，真的好開心的笑了。

大師開始哼哼唱唱，雖然我不是很懂歌詞的意思。他告訴我，他唱的歌聽起來都是一段、一段的。但是連起來，就是一首歌。跟人生一樣。我點點頭，似懂非懂。

『乾杯！』我舉起所剩無幾的橘子水。

「乾杯！」大師碰了一下，橘子水灑了一點出來。

很快地，就蒸發了。

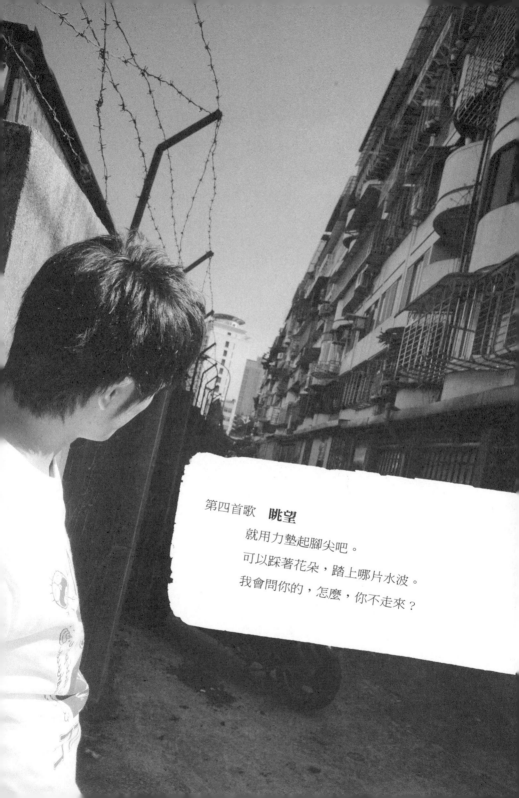

第四首歌　**眺望**

　　就用力墊起腳尖吧。

　　可以踩著花朵，踏上哪片水波。

　　我會問你的，怎麼，你不走來？

『大師。』我說。

「怎麼了？」大師停下唱歌的動作。

『怎麼這些歌聽起來，都這麼悲傷？』

大師笑了笑，從地板上站起身，把窗簾拉開。

「雨停了。」大師轉過頭看著我。

『真的！』我很開心。

「悲傷的歌，會有快樂的休止符。」

『什麼是休止符？』我聽不懂。

「休止符就是，等到很老、很老以後。」

『多老？』

「大概就像吳老先生那樣吧。」

我眼睛直盯著書櫃邊緣的菸盒，心裡卻空白一片。爸爸也許沒有快樂的休止符吧，他沒能待到像吳老先生這麼老。那麼他的一生，是悲傷的歌，還是快樂的歌呢？我竟然從來沒問過爸爸這個問題。也沒有機會再問了。

『那吳老先生算是悲傷的歌嗎？』我開口。

「我也不知道，但我覺得那該是快樂的歌。」

『怎麼會，他現在明明就……』

「可以等待一個人，並且時刻都保持著希望。」大師把窗簾放下。

「我覺得，這樣很快樂。」

『那快樂的歌，就會有悲傷的休止符囉？』

不要。我不希望吳老先生悲傷，一點都不想。

「別擔心。」大師笑了。「吳老先生有痴呆症。」

「什麼都可以忘記的話，就沒有悲傷了。」

□

很多我不懂的東西，在那個下雨的夜晚，還是不懂。那是第三次我進入大師的房間。唯一想做的，就是偷個菸盒，在上面留下我的字。我怎也沒想到，很久以後我了解了，卻忘不掉了。所以有了悲傷。在我很開心跟大師乾杯的那一天晚上。

□

佳樺告訴我，如果要跟曾德恆去吃飯，就選擇假日。

「假日的時間比較長，可以規劃很多。」

『規劃什麼？我不會咧。』我嘟著嘴。

「如果可以的話，」佳樺點頭，「去看電影。」

『怎麼開口啊？』

不需要開口。中午在電梯廳遇見曾德恆，是他先開口的。這場喜劇正在上演，我無法按捺心中喜悅。

「對了，上次說好了要去吃飯的。」

『今、今天嗎？』我頭昏腦脹。

「中午用餐時間太短了，要不週末吧？」

『好、好啊。』

　　還沒詳細討論好時間、地點，電梯又來了。如果可以，我會找狙擊手謀殺電梯。實在太跟我過不去了。我到雜貨店去，心裡吊著懸而未解的水桶很悶。吳老先生坐在往常的位置上，撫摸著那個餅乾盒。臉色不是很好。

　　『吳老先生，你的臉色好差。』我走向前去。

　　「咋啦？」說完，吳老先生就開始咳嗽。

　　『吳老先生，你要去看醫生。』

　　「醫生啥地好看！」哼了一聲，吳老先生轉過頭去。

　　我走回櫃台，大師把泡好的泡麵放在櫃台上。

　　『大師，老先生他該去看醫生。』我很擔心。

　　「說過了，他不聽。」大師好像若無其事。

　　『你也太冷淡了吧，老先生都有年紀了。』

　　「是啊，可是他真的很固執。」大師小聲地。

　　『想個辦法吧，騙也要把他騙去。』

　　大師點點頭，拿了雙不鏽鋼筷子給我。

　　『沒有免洗筷嗎？』我很好奇。

　　「這樣比較環保。」

　　我一邊吃著泡麵，一邊跟大師說曾德恆約我吃飯的事。

　　「這樣很好啊，什麼時候？」

　　『還沒說。』我喝了口湯，『害我現在很擔憂。』

　　「擔憂什麼？」

　　『就是事情沒有解答，總會擔心破局。』

「妳也想太多了吧。」

我正準備回嘴，吳老先生又咳起來，還拼命喘氣。我放下泡麵，跟大師一起走過去。

『這樣不行，一定要帶他去看醫生。』

「他不讓雜貨店休息啊！」大師用氣音小聲說著。

『那……我帶他去。』

大師驚訝地看著我。如果我可以看著自己，我想我也會很驚訝吧。

□

回到公司，才發現桌上壓了一張紙條。

「千雅：週六中午十二點，方便嗎？」

我看著署名寫著曾德恆，差點跳了起來。

佳樺湊過來好奇地看著：「怎麼了？」

『不告訴妳。』我把紙條藏在胸口。

「笨蛋，我都看見他放紙條了。」

『妳偷看了？』我生氣地。

「我是先幫妳過濾，不是偷看。」

我很開心，寫了張紙條回去給曾德恆。趁著去茶水間的時候拿給他。回到座位上，我的電話響了。

「怎麼不打電話就好了？」曾德恆問我。

『我想回紙條比較禮貌。』

「眞可愛。」電話那頭的他笑了。

「那就週六中午，地點別忘了。」

我開心地掛上電話，然後努力隱藏自己臉上的愉悅。佳樺偷看著我的表情，讓我很不自在。然後我才想到，週六那天，我答應了要帶老先生去看醫生。

□

「妳今天不是要去……」大師問我。

『沒關係，應該趕得上。』我說。

「不要緊的，乾脆妳去忙，這麼重要的事可別遲了。」

『不行，我都答應了吳老先生。』我說。

時間緊迫。我先到雜貨店去，花了好大的功夫才說服了老先生出門。大師感激的眼神，讓我更有衝勁。吳老先生走走停停，還會不停咳嗽。

週六只有一個醫生看診，人很多、很多。我跟大師都不知道吳老先生有沒有健保卡，所以只好自費。排隊的時候，我一直想盡辦法跟吳老先生對話。

『吳老先生，你好點了嗎？』

「好得。」老先生倔強的樣子。

『謝謝你願意來醫院。』

老先生突然轉頭看著我，我嚇了一跳。手裡的餅乾盒還閃閃發光，但是老先生的手已經停下來了。

「咋地謝我。」老先生低下頭。

『其實……』話還沒說完，護士小姐喊著老先生的名字。

『這邊。』我拉著老先生的手，站了起來。

老先生，好瘦。

「老了以後，不是後悔做過的事，是後悔那些沒做過的。」

吳老先生喃喃唸著。我跟醫生講解了老先生大概有的症狀，醫生也詢問了老先生。經過一番折騰，總算領了藥。

『老先生，要按時吃藥喔。』我叮嚀著。

「咋地說這說那兒。」老先生咕噥著。

我看見了。老先生的臉和緩了下來，就好像突然鬆開的繃帶。也瞬間更加蒼老了許多。

趕回雜貨店後，時間已經剩下不多了。我把老先生交給大師，講解了大致吃藥時間，以及吃藥會有的反應。老先生沒有坐回位置，跟大師咕噥了幾聲，就回房去了。

「他說他吃了藥，休息去了。」大師轉頭對我說。

『那就好。』我點點頭。

「真是謝謝妳，要來個橘子水嗎？」

『好。』我謝著。

看著大師從塑膠罐裡拿出橘子水的動作，我才想起自己的約會。

『糟糕，遲到了，大師，我得先走。』我說。

「吃完再走吧！」

『不了。』我轉過頭，跟大師揮手。

大師拿著橘子水發愣，樣子好笑得要命。

□

年老了以後，你後悔的不會是做過的事，而是沒做過的。我終於知道這句話是誰告訴大師的，不是貂蟬。如果沒有遵守約定帶老先生去看醫生，我想我一定會後悔死了。而我發現自己遲到了好久，在約定好的餐廳門口，我伸長了脖子找尋曾德恆，卻不知道該怎麼辦才好。也許他已經走了，也許會認為我是個不守約定不守時的人，對我很失望。

莫名的空虛襲來，我真有點後悔自己的決定。為什麼我現在會後悔已經做過的事呢？如果我沒有做，以後會後悔，那是現在後悔比較難過，還是未來？我該選擇讓現在的自己好受，還是未來的自己快樂？我糊塗了。

於是我也沒有什麼可以努力了，只能在約定好的餐廳門口傻等。也不知道過了多久，我看見曾德恆。

「妳來了？」他快步跑向我。

『嗯，對不起我遲到了。』我說。

我以為我會哭出來的，但是我沒有。我只是慶幸，曾德恆也許沒有認定我是個不守約定的人。只為了這個小事開心。

「抱歉，是我讓妳久等。」曾德恆抓著頭，跟大師很像。

「我以為是我記錯時間，還回公司找筆記本確認。」

『對不起，因為我臨時有事。』我低下頭。

「不會，來了就好，我們進去吧。」我竟然笑了。

這場午餐的約會，遲了將近三個小時。但是非常開心。我聽了很多曾德恆的想法，我想，我了解他多了不少。如果這場午餐約會如此開心，也算是不枉我方才的難過了。佳樺說的電影約會，也沒有成行。用完餐之後，曾德恆詢問我有沒有想去的地方。我竟然搖頭。

「那好吧，禮拜一公司見了。」他笑著。

『今天謝謝你，也很抱歉。』我說。

「不要這麼說，跟妳聊天很快樂。」

『你也是。』

揮別了曾德恆，我甩甩自己的頭，試著讓自己清醒一點。我以為我會很開心他主動問我接下來的行程的。而我整個腦子裡面，卻只掛念著吳老先生。以及自己剛才後悔帶吳老先生去看醫生的念頭。我真的很糟糕。

我重重嘆了一口氣，突然看見大師在我的眼前。

『你怎麼在這裡？』我愕然。

「怎麼嘆氣了呢？」大師笑著。

「今天不開心嗎？」

『你怎麼會在這裡，店裡呢？』

「開心一點。」我下雨了。

大師走向我，在我眼前搖著食指。

「妳不遵守約定喔。」

『什麼啦！』我已經哭了咧。

「說好了以後不許在我眼前哭的。」

我才沒有哭，笨蛋大師。是我的臉上突然有厚重的烏雲跑來，在那裡下起了雨。

□

「一切都很好啊！」

回到雜貨店，大師遞給我橘子水。

『我被自己搞糊塗了。』我說。

『吳老先生呢？』大師指著自己沒有戴錶的右手腕。

『對喔，時間晚了。』

「是啊，光陰如白駒過隙。」

『你怎麼偷偷跑出來？』

「反正老先生已經休息了，我就提早下班啦。」

『是嗎？』我想了想，『那你怎麼知道我在哪裡？』

「因為我是大師啊。」

『你騙人！』

「我從來沒有騙過妳啊。」

我走到吳老先生習慣坐的椅子上，一屁股就坐了下來。

『大師，你說我是怎麼了？』

「妳是指沒有跟他繼續約會嗎？」

『我竟然這樣回答他。』我嘆了口氣。

「別想太多，也許是妳奔波了一天，累了。」

『大師，我知道你說的那句話，是誰告訴你的。』

「哪句話？」

是啊。等到年老了以後，妳後悔的不會是做過的事，而是那些沒做過的。

『是吳老先生跟你說的，對嗎？』

「好厲害。」大師點頭：「他今天跟妳說了？」

『對啊，突然就說了，我有點驚訝。』

「他今天乖乖吃藥，這還是我第一次見過。」

『眞的？』我站了起來，『那就好。』

「下次別坐他的位置了。」大師說。

我走回櫃台，訝異問著：『怎麼，他不喜歡人坐他的位置嗎？』

「不。」大師搖頭，「那個位置，只有失望的人才可以坐。」

『胡說，才不會咧。』

「下次不要哭了，沒什麼的。」

『討厭啦。』我哼了一聲。

「不要討厭自己，妳做得很好、很棒。」

『我不聽。』我閉上眼睛，吐舌。

「說不聽，怎麼會閉上眼睛，該摀住耳朵才對吧？」

『你管我。』我又哼了一聲。

「每個人在某一秒鐘，都會後悔自己做過的事。」大師說。

「那是正常的，也因爲如此，我們日後才會爲了沒做過的事後悔。」

『我越來越糊塗了啦。』

「當妳想不透的時候……」

就唱歌吧。

□

蔡仙姑沒有意外我給曾德恆的回答。

「我早就料到了。」她說。

『才怪。』我反駁。

「我是仙姑，早料到妳沒膽子。」

『不是這樣的。』我抗議。

「這樣也好，妳本來就該讓他等，也不能進展太快。」

『什麼意思？』

「這是女人的身價啊。」仙姑笑著：「矜持點好。」

『我才不是矜持，我是徬徨。』

「都一樣啊，這樣就對了。」

仙姑這個笨蛋，她忘記告訴我，矜持很好。讓一個人爲自己等待也很好，進展不要太快也很好。只是，維持自己的身價，也會消耗自己的青春。

在公司遇見曾德恆，我卻沒有以前的緊張。他跟我打招呼，好像一頓飯就讓我們靠近了好多。我很自然地對他笑，跟

他寒暄。心裡當然開心得要命。我不知道以後會不會懷念那種看見他緊張的日子。但是我知道,那段時間很美。每種樣貌都有他存在的意義,緊張的時間是為了讓我感受現在的自在。也因此逐步堆疊出現在的我。

　　吳老先生復原的狀況不是很好。我想跟年紀有很大的關係。每回我到雜貨店去,第一件事情就是問候一下吳老先生。即使他還是不太答理我,但不像之前那麼冷峻了。吳老先生咳嗽,我會拍著他的背。然後他停下咳嗽之後,會盯著我看。每次都讓我很不自在。

　　過了一個禮拜,終於又可以帶吳老先生回去復診。醫生說,老先生的狀況有好轉,但是因為抵抗力以及血液循環不好,還得多花點時間,多補充營養。至少,聽起來像個好消息。為了實行醫生告誡的補充營養,我帶吳老先生去餐廳吃飯。點了不少的菜,雖然最後大部分都打包回去給大師。

　　「妹妹。」吳老先生看著我。

　　『啊?』我不知道是不是在叫我。

　　「妹妹啊。」吳老先生打開餅乾盒。

　　『老先生。』我回應。

　　「俺年輕的時候,體格好得。」

　　吳老先生從餅乾盒拿出一張照片。裡面的年輕人,笑起來的樣子很燦爛。

　　『這個是你嗎?』我訝異著。

　　「咋啦?」老先生斜眼看著我。

『好帥喔。』我笑著。

「帥啥地啊？」老先生應該聽懂了，臉上得意的很。

『這是什麼時候拍的？』我好奇詢問。

「久囉。」

老先生收起照片，蓋上餅乾盒。眼睛望著前方，卻好像望著照片裡的那個自己一樣。然而，照片已經被收進盒子裡。自己也已經被收進回憶裡面了。

□

盒子裡面究竟有著什麼？老先生蓋起盒子的動作太快了，我沒能看仔細。如果蓋上盒子的動作緩慢一些，也許我就能看到了。後來我想想，換做是我，也許我也會很快地蓋上。沒有一個人的內心想被揭露的，尤其跟過去有關。

如果餅乾盒是玻璃做的就好多了。對我的好奇心來說很好，對老先生卻不知道好不好。老先生的海岸線，也像大師一樣嗎？那我呢？我的海岸線在哪裡，又有多長？

□

還沒找到自己的海岸線之前，我先看見了佳樺的海岸。原來浪花拍打海岸的樣子，其實還是很美的。

『佳樺，怎麼了？』

一早在公司沒見到佳樺，第一眼瞧見她，卻是紅了眼眶。

『身體不舒服嗎？』我關心著。

「千雅，我弄丟了好重要的東西。」佳樺說。

我看得出她試圖在我面前冷靜。然而這樣的勉強在我眼裡，只有更加的脆弱。因為我懂。我真的懂。

『弄丟了什麼？好重要的嗎？』

「我弄丟了一個我好愛的人。」佳樺說。

「弄丟了他的心。」

第一次看見佳樺這麼難過，我還以為自己在作夢。但是傷心卻是一種恍然大悟。原來沒有人不會傷心的。即使像佳樺這麼美、這麼多人喜歡的人也一樣。我端了杯熱茶給她，拍拍她的肩膀。卻沒有多問下去。

後來，佳樺才告訴我，原來她的海岸線好遠啊。我沒想過喜歡的人，距離自己很遠的時候，應該怎麼辦。這也是佳樺始終沒有交男朋友的原因。

「我跟他大學就認識了，交往了好多年。」

「他是一個很棒的人，體貼、幽默、有想法。」

「我曾經想過跟他永遠在一起的。一輩子、一輩子都不分開。」

「我以為暫時的分離會讓我們更加珍惜的，我真的以為。」

我懂了。距離會在兩個人之間砌出一道透明的牆。即使現在科技發達，想看見彼此、聽見彼此的話很簡單。但是終究隔著一道牆，看見了、聽見了，卻觸摸不到。只會讓思念更加發酵，或者讓思念變成毫無意義的負擔。我突然想到了吳老先生。在他那個年代裡，究竟是怎麼抵擋距離的牆呢？又是怎麼

穿透過去的呢？而現在的吳老先生，敲打掉那面牆了嗎？

　　『佳樺，妳很棒的，不要因此難過。』我說。

　　「謝謝妳，千雅。」佳樺沒看著我，我知道她不想讓我看見脆弱。

　　『不，妳是真的很棒，大家都很喜歡妳。』

　　「我喜歡的不是大家，我喜歡的是他。」

　　『佳樺，這個就是墜落會帶來的痛嗎？』我好奇地問。

　　「是啊。」佳樺眼淚掉了下來。

　　「妳沒有喜歡過人嗎？」

　　我搖頭。求學時代，我念女校。上大學之前，爸爸走了，我忙著減輕小舅與小舅媽的負擔，下課後就去打工，努力還自己的助學貸款。現在回想起來，似乎曾經有過喜歡一個人的感覺，也許是打工的同事，也許是電車上那個短頭髮的男孩子。但我沒有勇氣接近，於是沒有墜落過。

　　『妳會不會嘲笑我？』我不好意思地。

　　「怎麼會呢？」佳樺看著我，「我很羨慕妳。」

　　『羨慕我？』我瞪大了眼睛。

　　「因為第一次墜落之前，最痛苦，但也是最快樂的。」

　　『是嗎？』我想起了曾德恆。

　　「總之，那個畜生愛上了別人，而且打算結婚了。」

　　『太誇張了吧！』我驚呼。

　　「還告訴我不回來台灣了。」

　　『真是……』我搖頭，什麼壞男人嘛。

「最好不要回來，否則我剪斷他的小雞雞。」

『好粗魯喔。』

但是我們笑了。雖然佳樺有眼淚，但是我相信她比誰都清楚。每一個人的海岸線都好美的。要等到喜歡的人駐足，就會一起墜落了。

□

『那個男生好討厭喔。』我告訴大師，大師笑了笑。

『怎麼，你不同意嗎？』

「妳說的有道理，但是我不這麼想。」

『那你怎麼想？』我嘟嘴，但有點生氣。

「妳生氣了嗎？」大師伸長了脖子問我。

『當然。』我哼了一聲，『你沒有站在我跟佳樺同一邊。』

大師搖頭苦笑，其實我不喜歡他這個表情。好像我什麼都不懂一樣。其實，我懂得可多了。

「共知心是水，安知我非魚。」

『什麼意思？』

大師拿了橘子水給我，我沒急著接過來。橘子水在玻璃櫃台上頹倒，軟趴趴的。

「每個人在愛情裡都有選擇的權利，只能說那個人沒選擇佳樺。」

『可是、可是他們交往了很久啊！』我反駁。

「是啊，既然交往了很久，肯定都很愛對方，是嗎？」

『是的。』我抬起下巴。

「既然愛對方，爲何不成全對方的追逐呢？」

這……我愣了好一下子，突然不知道該怎麼回答。

『但是他如果也愛佳樺，就不該讓她傷心啊。』我說。

「所以妳認爲愛別人比愛自己重要？」大師笑著。

『不是這個意思，你不要把我弄混了。』

「好吧，那簡單點。」大師點頭：「他們結婚了？」

我搖頭：『還沒。』

「那麼那個男生就沒有任何法律上的責任，不是嗎？」

『大師，你這樣說的話，就是贊成每個人都可以隨便拋棄囉？』

「不。」大師搖頭：「這只是選擇而已。」

大師看著門外。這只是選擇而已，聽起來好簡單，卻又好複雜。

「佳樺選擇等待他，他選擇追求自己的愛。」

「如果今天換過來，妳認爲誰該負起責任？」

「如果自己的愛是千眞萬確，就會很清楚了。」

「清楚對方的選擇，也清楚自己的選擇。」

「對於那個男生，也許佳樺的不諒解，才不是眞正的愛吧。」

我突然好生氣，卻不知道該怎麼反駁。

『大師，你的說法我不認同。』我氣呼呼的。

「沒有關係，這也是妳的選擇啊。」

我拿起橘子水，走到吳老先生面前。

『老先生，他說喜歡一個人就可以拋棄他，這樣對嗎？』

「咋地啊？」老先生看著我。

『就是我同事被男人拋棄啦……』

我也不知道自己在幹嘛，也不管老先生聽不聽得懂。劈哩啪啦地我說了好長一串，老先生斜著眼看我。發洩完了，我才感覺自己的唐突。

『對不起，我太激動了。』我對老先生點點頭。

走回櫃台去，我還瞪了大師一眼。

『你是壞人。』我說。

「其實我才是最好的人。」大師一點都不介意，笑得很開心。

「妹妹啊……」

我跟大師同時回過頭，看著吳老先生。

「妹妹啊。」

我走回吳老先生面前，呆呆望著他。

『老先生？』

「那個人不好，離他遠一點。」

我聽懂了，轉過頭看著大師。我知道我露出得意的樣子，吳老先生也說大師不是好人。

「讓妳難過的人，就不要跟他說話囉。」

吳老先生深深呼吸著，鼻息聲音好重、好重。

「他要來找妳，也不要讓他來。」

「就回家，回家來。他敢來我就把他打走。」

「妹妹啊……」老先生看著我：「我把他打走。」

不知道為什麼，我抱著吳老先生。雖然老先生聽錯了，以為是我被拋棄，但我不介意。我突然想起了爸爸，也想著自己的海岸線。佳樺說自己弄丟了好重要的東西，我懂。我遺失過最重要的東西，就是爸爸。對我來說，爸爸一直是我的海岸線，也拍打出美麗的浪花。而如今海岸線缺了一角，已經好久了。我發現這個缺角慢慢地被填補起來，完整的、細心的。

吳老先生沒有抗拒我無禮的舉動，拍著我的背。我想起小時候作了惡夢，爸爸也會這樣拍著我的背，哄我入睡。多希望我可以這樣睡去，永遠、永遠都不要醒。

「我把他打走。」老先生還喃喃唸著。

『謝謝你，老先生。』我說。

大師走了過來，把我手上的橘子水拿了過去，咬了一個開口。咕嚕咕嚕喝了起來。

『大師，你幹嘛偷喝我的橘子水？』我站起來。

「我口渴嘛。」大師笑著。

『你很討厭。』我嘟著嘴。

「有的時候，我都很討厭我自己。」

大師笑著，把橘子水吸吮地一滴不剩。我還是很生他的氣，但不知道為什麼，看著大師走回櫃台的背影……我好想拍拍他的背。

□

『旅行可以忘掉不開心嗎？』我問佳樺。

「應該可以吧，我猜。」佳樺笑著。

『如果沒有用呢？』我嘟著嘴。

「那至少賺到了一個假期。」

特休假三天，我請了兩天。加上週六原本就放假，一共三天。佳樺也沒說要去哪裡，我們兩個拿著行李，從台北出發。電車的位置不太舒服，但隨著列車往前開去，總可以看著對面的人。當然也可以欣賞窗外的風景。我總是不好意思盯著對面座位的人看，而佳樺則一點也不介意。我想她或許沒發現，車上的男生都在偷看她，不管上來了多少男生，我發現大部分都會看佳樺一眼。

佳樺的亮麗讓我好羨慕。但是如果是我，也許我會害怕這樣被注視的感覺。列車往前慢慢搖晃。有人上車、也有人下車。我可以看著人、也可以轉頭看窗外風景。當然我也可以拿出背包裡的書本，在自己的世界裡。我該怎麼選擇呢？也許也不必選擇，因為無論如何，電車都會繼續往前開吧。

到了一個不知名的小站，我跟佳樺下車。我好奇了一會兒，終於開口問了：『為什麼要先下車？』

『我們的車票目的地不是還沒到嗎？』我看了看月台四周，什麼也沒有，陌生的地方。

「車票只是讓我們往前走，目的地隨時可以改變。」

好隨興啊，我從來沒這樣過，心裡很緊張也有些興奮。我們下了車以後，就四處亂逛，肚子餓了就隨便買點東西果腹。佳樺拚命地拍照，我有些不習慣，但也跟著拍了。

「在每個地方，都要留下自己的樣子啊！」佳樺笑著。

我知道不是的。應該是在自己的心裡，留下每個地方的樣子才對。接著我們又上車，一樣的電車票，一樣隨便買。三天的旅程裡面，我跟佳樺的對話很少。

好像我們各自安靜地走過人生的某個階段，只是碰巧遇上了而已。我想起曾德恆說的，一個人出門是旅行，很多人出門是玩。大師說的就不一樣了。旅行要揹著行囊，玩就快樂就好。我揹著行囊，我也感覺到離開現實的快樂。所以我糊塗了。

『佳樺，我們這樣算旅行，還是玩呢？』列車停靠在「水上」，一個我沒到過的地方。

「都是啊，旅行不就是玩嗎？」佳樺提著行李回頭看著我。

『應該有些不一樣吧。』我說。

「這裡是嘉義，再往南就是我的故鄉了。」

『喔，再往南？』

「是啊，府城是我的故鄉。」

『那我們為何不到台南呢？』我好奇。

佳樺笑著，我們走出了月台，來到不大的大廳。

「千雅，妳知道台南最有名的是什麼嗎？」佳樺笑著。

『統一獅？』小時候我會跟爸爸一起看棒球呢。

「呵呵，也算。」佳樺笑著，「但是，台南美食更有名喔。」

『美食？那我們幹嘛不去台南？』

「因為啊。」佳樺張開雙臂，閉上眼睛仰著頭。

好像這一瞬間的空氣，比什麼都還要珍貴一樣。

「因為我怕吃了台南的東西，就不想回台北了。」

不說還好，一說我就更想去了。可惜，這算是我們的最後一站。我不懂，如果是我的話，我更會思念家鄉的美食。如同我思念小時候那橘子水的味道一樣。為什麼佳樺要害怕呢？我不知道。

回程我們從嘉義坐客運回台北。電車之旅結束之後，我反而有點懷念這種感覺了。

『佳樺，大師說我們不可以怪那個男生。』我鼓起勇氣。

「那個男生？」佳樺睜開眼睛。

『就是妳男朋友呀。』我說。

「噢，我已經忘了。」

『忘了？』怎麼可能嘛。

「我把他丟在電車上，讓清潔人員撿走了。」佳樺閉上眼睛。

「我已經坐上回程的車了，一切都來不及了。」

『真的嗎？』

佳樺沒有答我。但我隱約知道，她只是把東西塞在角落而已。就好像不敢回家，只是怕讓自己走不了。不知道為什麼，

我覺得這樣的佳樺，好美。但是，我更喜歡堅持坐在板凳上的吳老先生。

「妳最近似乎經常往那個大師那裡跑，是嗎？」佳樺閉著眼睛問我，車子外頭的噪音傳進車內。轟隆隆的。

『是啊，我會去看吳老先生。』

「那個大師最近好嗎？」

『應該……應該還不錯吧。』

我好像從來沒關心過大師。不過，他這麼厲害，怎麼會不好呢？

「下次有機會，帶我去吧。」佳樺說。

「我也想看看那個吳老先生，是不是真的這麼兇。」

□

我帶了幾盒名產到雜貨店，卻沒看見吳老先生。板凳上面空蕩蕩的，鋁製的椅面反射的光芒很刺眼。

『大師，吳老先生呢？』我好奇。

「妳回來了？」大師笑著：「好玩嗎？」

『我不是去玩，我是去旅行的。』我說。

「老先生不舒服，進去休息了。」

我來回走了一下，把名產放在玻璃櫃台上。大師把橘子水放在旁邊，我拿起來看了看，又放了下來。

「妳肚子痛嗎？」大師盯著我。

『你才嘴巴長瘡咧。』我瞪了大師一眼。

「火氣這麼大，我懂了。」大師竊笑著。

『你懂什麼啦！』我哼了一聲。

「就……不方便啊，我大概知道。」

『不是你想的那樣啦，豬頭。』

「那妳究竟怎麼了，這樣走來走去？」

『大師我問你喔。』

「嗯。」

『我可以進去看老先生嗎？』

大師把名產收進櫃台下面，盯著我看了好一下子。一直到我已經有些不好意思了，才開口。

「政舉之日，夷關折符，無通其使；勵於廟廊之上，以誅其事。」

『什麼意思？』我嘟嘴。

「我覺得不要比較好。」

『老先生不喜歡人進去嗎？』

「我也不知道。」大師說：「但我覺得不太妥當。」

『可是我很想看看老先生的狀況。』

「如果真的很想的話，那就去做。」大師點頭。

「免得妳回家後悔自己沒做。」

於是我走進去了。吳老先生的房間，一塵不染。空氣中有著淡淡的樟腦味道，加上一點墨汁的味道。老先生咳嗽著，我趕忙走向前去。

『老先生……』我拍著老先生的背。

「妹妹啊，妹妹。」

『老先生，我帶你去看醫生好嗎？』

「妹妹，妳來啦。」老先生看著我，又咳了好一下子。

我好擔心。

『老先生，我們去看醫生。』

「妳回來就好啦。」老先生掙扎著要起身。

『躺著休息吧，要不我帶你去看醫生。』

「妳回來就好，我以爲妳也不回來了。」

□

「還好嗎？」大師說得像個沒事的人。

『老先生睡了，咳嗽得厲害。』我嘆了口氣。

「他最近越來越嚴重了，卻死撐著要跟我一起顧店。」

『這樣不行。』我搖頭。

「我也說不動他，他脾氣一來，誰都擋不住。」

『這幾天我沒來，老先生是不是很不開心？』

大師看了我好一會兒，點頭。

「妳現在相信我沒騙妳了？」

『嗯。』我說，『他以爲我不來了。』

「你原諒他，年紀大了，特別脆弱。」

『我不介意啊。』我說：『只是很難過。』

大師把橘子水遞給我，我一如往常咬了個尖口。

『今天的橘子水，有點酸。』我說。

「過期了嗎？」大師訝異著。

『不是，是我的心情有點酸。』

「別想太多，每個人有每個人在這個世界被付予的責任。」

「老先生大概就是爲了等待老太太吧。」

那我呢？我心裡想著，卻沒有說出口。我開始有一搭沒一搭跟大師說著這趟旅行發生的事。

「看來佳樺懂了。」大師點頭。

『懂什麼？』

「她懂得怎麼珍重地拿起來，祝福地放下來。」

『她沒有祝福啊！』我說，『她還想剪掉那個男生的……』說到一半，我突然不好意思了起來。

大師突然哼起歌了。左手食指在玻璃櫃台上面，隨著節拍敲啊敲的。

『沒有聽過咧，新歌嗎？』我好奇問著。

大師看了我一眼，繼續沉醉地唱著。

『教我、教我，我想學。』大師停了下來，食指也停留在玻璃櫃台上面。

「祝福不一定要說出祝福的話。」大師說。

「有時候，放下就是一種祝福。」

我想著佳樺，想著大師的話。

「妳想學這首歌嗎？」

我點頭。大師的腦袋真的動得太快了，讓我跟不上。一下子跳回佳樺的狀況，一下子又跳回唱歌。

『大師，我跟不上你。』我說。

「我會慢慢教妳的，放心。」

『我不是說這個啦！』笨蛋大師。

「我知道。」大師笑了。

「妳要記得喔，我會慢慢教妳，但是……」

大師看著我，卻好像看著鏡子一樣的表情。我不會形容。

「永遠不要忘了，妳才是一首歌。比什麼旋律都好聽。」

大師說完，我不小心哭了。怎麼這麼不小心呢？

第五首歌　**開啟**

　　　裡面也許藏著潘朵拉，

　　　也許只有你的歌聲啦啦啦。

　　　這些美好的偶爾讓你悲傷，

　　　但不要忘了——

　　　因為悲傷，所以證明了我們的歌聲。

　　我有點愛上每次跟大師告別後，突然回頭時大師的慌張。大師從來都是從容不迫的，好像這個世界很簡單，都在掌握中。只有那一秒鐘，我好像看見了真正的大師。當然，那個時候我還不知道，其實是大師看見了真正的我。我很想、很想知道，究竟為什麼我經常在大師面前哭泣。彷彿從第一次跟大師見面，就註定了我得如此。

　　當然，我也是很久以後才知道的。有些看起來像悲劇的，最會讓人留下眼淚，其實有個美好結局。而有一些喜劇，過程亂哄哄、吵吵鬧鬧，其實是悲劇。你喜歡悲劇還是喜劇呢？

□

　　老先生突然不願意去看醫生了，這讓我很苦惱。季節交替的時候，老先生的咳嗽越發嚴重。不管我跟大師怎麼拜託請求，老先生卻不願意離開板凳。而最近工作的壓力也大了，晚上多半都需要加班。每回拖著疲憊的身體走到雜貨店，只看見拉下的灰色鐵門。以及遠方偶爾會傳來的狗叫聲。中午我到雜貨店去，大師總是看了吳老先生一眼，對我搖頭。

　　從那次在吳老先生房裡探望他之後，吳老先生看見我，再不跟我打招呼了。好像過了那一天，吳老先生就回到了剛認識他時的模樣，我們之間又隔著好重、好厚的一道牆。找了一天我提早下班，說提早其實也不然，只是盡量準時下班。我到了雜貨店去，大師不在櫃台，卻站在老先生旁邊。

　　「咋地……你要俺……囉唆！」

我走了進去，只聽見老先生罵著大師，卻沒了先前的元氣。大師站在老先生旁邊，呆呆的像極了木頭人。我一時之間不知道該怎麼辦才好，只好站在櫃台前面。

「我也是為你好。」大師不斷重複這句話。

『老先生，您別生氣。』我走向前去。

「如歌？」大師驚訝看著我。

吳老先生轉頭看了我一眼。好久沒有這麼靠近看著老先生，突然覺得他蒼老了許多。

『老先生，我們都是為你好。』我說。

「啥好不好地啊！」老先生瞪著我。

我嚇了一跳，差點往後退了幾步。

『老先生，這個禮拜我帶你去看醫生好不好？』

「看啥地看啊，有啥用！」

「千雅也是關心你。」大師說著。

『老先生，這樣下去不行的，一定要看醫生。』我堅定地。

「看啥子啊，不要！」

『老先生……』

「少囉唆。」

老先生站了起來，狠狠看了我一眼。之前老先生雖然說不上和氣，但這樣看著我的眼神，還是第一次。老先生走進房裡以後，大師對我搖搖頭。

「妳不要生氣，他最近不知道怎麼了……」

『不行，我一定要進去勸他。』

　　我推開門，老先生坐在床沿，手裡抱著餅乾盒。盒子是打開的，我逕自坐在老先生旁邊，看著老先生的動作。

　　「幹啥啊！」老先生把餅乾盒蓋上。

　　『老先生，我可以看看嗎？』

　　「甭提！」看得出來，老先生按緊餅乾盒，雙手顫抖著。咳嗽的聲音，好像秋天山風吹過樹林那樣。艱難而冷冽。

　　『老先生，看醫生身體才會好，才可以等老太太啊。』

　　「干妳啥事！」老先生爆吼一聲，我嚇了一跳。

　　『對不起。』我低下頭。

　　「走，妳走！」老先生揮手：「不要回來了。」

　　我從床上站起來，對老先生點個頭。

□

　　「他不是有意的。」大師安慰我。

　　『我知道，我不會怪他。』我點頭。

　　「最近他似乎不想離開，覺得老太太要回來了。」

　　『可是……』我看著大師：『可是老太太不可能回來啊！』

　　「我們都知道，我想，他也知道吧。」

　　『老先生知道？』

　　「所以他才開始生氣啊。」

　　大師把橘子水放櫃台上，我搖搖頭。

　　「怎麼了？」

　　『今天不想吃。』我說。

「不要放在心上。」

『但是，老先生要我走，叫我不要來了。』我很介意。

「說氣話而已，眞的。」

我想起高中時候，有一次跟同學出去，回家晚了。小舅跟小舅媽很生氣，也是這樣跟我說。

「妳走。不要回來了。」

那一次我覺得自己眞的只剩下一個人了。沒有人要我，連爸爸都不要我。

大師拍拍我的頭：「不要想這麼多。」

大師把東西收拾好，把燈關上，拉下鐵門。

『大師……』我看著大師：『我眞的只是一個人嗎？』

「不會的，妳還有好多人陪著妳。」

『你會陪著我嗎？』

大師看著我，對我點頭。不知道爲什麼，就好像水管繃得緊緊的，突然找到了一個開口。我趴在大師的肩膀上面哭。不知道哭了多久，好像哭花了一整片天空一樣。

「好了，沒事了。」

『謝謝你。』我揉揉鼻子，不好意思地說著。

「晚了，早點回去休息吧。」

我點點頭，順了順頭髮。然後看見了曾德恆。

□

「千雅？」曾德恆驚訝地看著我。

　　我的驚訝則是他的好幾倍。我退後了幾步，不知所措地看著曾德恆。

　　「怎麼了？」曾德恆走上前來：「有人欺負妳？」

　　我看見曾德恆盯著大師看，趕緊搖頭：『不是的。』

　　「你誤會了。」大師禮貌地說著。

　　「噢，那就好。」

　　我的心頭像打了好幾個結一樣，團團圍繞著。曾德恆笑了笑，跟我說了聲「再見」，轉頭就離開。我愣在當場，連話都說不出來。

　　「他該不會誤會了我們……」

　　『怎麼辦？』我焦急地，『如果他誤會了怎麼辦？』

　　「我去跟他解釋吧。」大師說。

　　『不要！』我大聲地。

　　「可是……」

　　『沒關係的。』我說：『讓我靜一靜。』

　　我現在最需要的，就是安靜。

　　「還是、還是妳現在追上去跟他解釋？」大師說。

　　『解釋什麼？』我又要哭了。

　　「解釋這一切，解釋我只是……」

　　『只是什麼？』

　　「我只是個雜貨店的店員，一切都是巧合。」

　　『來不及了。』我嘟著嘴。

　　「怎麼會呢！」大師搖頭，卻微笑著。

「只要不放棄，沒有什麼來不及的。永遠都來得及！」

『我不知道他去了哪裡。』我說。

「我知道。」

□

大師帶著我左彎右拐，好一下子才看見曾德恆。他在一間港式燒賣的店門口排隊，大師見狀，推了我一把。

「去吧。」大師笑著。

『我要說什麼？』我搖頭。

「打招呼，我相信他會主動問妳的。」

『這樣好尷尬。』我說。

「不要怕，我在這裡。」

『你在我會更尷尬啦。』我嘟著嘴。

「好，那我先走，相信自己，不要擔心。」

我向前走了兩步，回過頭：『大師。』

「嗯？」大師看著我：「去啊！」

『我好怕。』我說：『你不要走。』

「不要怕，我給妳勇氣，永遠都用不完的勇氣。」

『你騙我。』

「我從來不會騙人的。」

我深呼吸，然後往前走。快走到店門口之前，我回過頭。

大師已經不見了。只剩下他給我的、用不完的勇氣。

□

『好巧。』我說。

「千雅？」曾德恆看著我，語氣充滿驚訝，面容卻很平靜。

『好巧啊。』我看著他。

「妳怎麼在這裡呢？」

『我說了，好巧。』

「噢。」曾德恆不好意思點頭，「碰巧遇到的，是嗎？」

『不是。』

我看著曾德恆左支右絀的樣子，低下頭。

『我是來跟你解釋的。』我說。

「解釋什麼呢？」

『一切都巧合。』大師要我這麼說的。

「妳是說剛剛在公司附近……」

『是的。』我點頭。

「爲什麼要特地……喔不，碰巧過來解釋呢？」

曾德恆說完，我笑了。

『因爲我已經沒有東西可以努力了。』我說。

我還是笑著，因爲曾德恆的話。每個字都好像雕刻出來的一樣，即使只是巧合或者特地。所有文字的表情，都讓我覺得很安全，不會被拆穿。

「沒有東西可以努力？」曾德恆看著我，眼裡閃著疑惑。

『是啊，我這麼認爲。』

老闆拿了曾德恆的東西給他，曾德恆慌慌張張結了帳。

「怎麼突然這麼說，還好吧？」他把皮夾收進褲子後面口袋。

『你理想的情人有什麼條件呢？』我問。

「啊、這個⋯⋯」曾德恆顯得不若以往冷靜。

『算了，我隨口問問。』我說。

我只是因為沒有東西可以努力了，突然發現，好像也沒有地方可以去了。

□

我開始飄搖。從租屋處飄搖至公司，再從公司飄搖回家。每一天、每一天我都想像自己跟之前沒有兩樣，但我知道不可能。被老先生訓斥的那一秒鐘的我已經死去了。在大師面前哭，被曾德恆看見的那個慌張的我也死去了。跟著大師去追逐曾德恆，回過頭看不見大師的我死去了。在曾德恆面前，覺得這個世界已經沒有勇氣可言的我，也死去了。突然像個被不屬於自己的東西拼湊起來，每一步都讓我很艱困。到底是什麼組成了我？

佳樺把一部分的自己丟在火車上。而我，只把一部分的自己留在身上。其他的，都不見蹤影了。

「千雅。」

『曾德恆？』

在公司裡頭，除了工作，多半時候我都在發呆。突然聽見

曾德恆的聲音，我沒有開心，只有氣餒。公司這麼小，要躲著他花費了我這個軀殼的大半心力。

「關於那一天，妳跟我說的。」

『那一天？』

「就是在燒賣店門外。」

『噢，那一天啊……』我笑了。

『我已經忘記了。』

「我想問妳一個問題。」

『我已經忘了啊，你要問我什麼呢？』我說。

「我想問妳，是不是那個跟妳來公司聚餐的人，帶妳……」

『你為什麼要問我這個？』

「因為我感覺到妳很難過。」

『跟他沒有關係的。』我說。

「那是不是我說錯了什麼話？」

『沒有。』我搖頭。

「既然如此，我希望妳開心一點。」曾德恆微笑著。

「最近的妳，不太像原本的妳。」

□

原本的我已經離開了身體了。我發現曾德恆靈魂裡面柔軟的那個部分，也讓我更加慶幸。慶幸自己當初選擇墜落的對象，是如此的讓我安心。然而，我掛念著的是把我趕出雜貨店老先生。曾德恆來找我說話之後，那一天我準時下班了。先前

刻意讓自己忙碌以及遺忘，好像突然被喚醒了一樣。

那天我記得很清楚。我站在雜貨店所在的巷子裡，隔著巷道遠遠望著雜貨店。眼睛可以看到的很有限，但我清楚看見大師在櫃台裡面。我睜大了眼睛努力想看見大師的表情，想看見板凳上的吳老先生。可是我沒有辦法。我看到的，只有雜貨店的軀殼。雜貨店的靈魂，我再也沒有辦法靠近了。

「妳已經看很久了。」我轉過頭，佳樺手叉著腰。

『佳樺？』我訝異：『妳怎麼在這裡？』

「碰巧經過。」她說。

『哪有這麼巧？』

「是啊。」佳樺笑了，「哪有這麼巧的。」

「這就是妳說的那間雜貨店？」

『嗯。』我點頭。

「沒想到這個地方，竟然有這樣的店。」

『這雜貨店是這個城市的見證者。』我說。

「妳可以帶我進去嗎？」佳樺問我。

我可以嗎？我想起老先生吼著「走，不要回來了」時候的表情。然後我搖頭。

「喔？」佳樺若有所思地點頭：「看來發生了一些事。」

『那個地方不再歡迎我了。』我說。

「沒有任何一個地方不歡迎妳。」

『有。』我堅決。

「只有妳自己不想回去而已。」她說。

『不，佳樺，』我搖頭：『我是真的不被歡迎。』

「雜貨店關門了嗎？」

我轉回頭去，乍聽之下我以為大師把鐵門拉上了。但是沒有。

『還沒。』我說。

「我是說，雜貨店永遠不開門營業了？」

『應該沒有。』

「那就好了。」佳樺說。「我帶妳進去吧。」

□

我知道佳樺一定很錯愕。如果我可以看著自己跟佳樺，我也一定錯愕不已。我拔腿就跑，高跟鞋敲擊地面的聲音即使人聲鼎沸，還是刺耳得很。佳樺沒有追上來，我也不想她追上來。不知道為什麼，一邊跑著，我的耳朵裡面都是老先生把餅乾盒蓋上時，鐵盒子碰撞發出來的聲音。

咖咖。

咖咖。

這樣的聲音總讓我很好奇。雜貨店牆上的那個時鐘，會發出什麼樣的聲音呢？會是像我的高跟鞋碰撞地面的聲音，還是餅乾盒關上的聲音？這樣的想法讓我整夜無法入睡。我很想問問大師，不管什麼問題，他總是有解答。不然問蔡仙姑也可以。即使佳樺沒有答案，也會告訴我一個方向。

方向嗎？我嘆了一口氣，在黑暗中自己好像從床上浮了起

來。我好想把這樣的自己，拿個相機拍起來。就如同跟佳樺一起去流浪的時候，走到哪裡都留下自己的樣子一般。我想留下這樣的自己的模樣。因為我終於知道，什麼是飄搖了。

□

『佳樺，昨天對不起。』我說。

「為了什麼跟我道歉？」佳樺瞇著眼睛笑著。

『我跑走了，什麼都沒說就跑走了。』

「那不是很好嗎？」佳樺說。

『妳不覺得我很沒禮貌嗎？』

「禮貌是跟陌生人說的。」佳樺笑了：「跟自己人不說禮貌。」

『那自己人說些什麼？』我很好奇。

「什麼都不用說啊。」佳樺轉過頭整理文件。

我走到佳樺面前，輕聲問著。

『什麼都不說，怎麼溝通啊？』

「就像妳昨天那樣。」

『跑走嗎？』我瞪大了眼睛。

「妳昨天跑走了嗎？」

『是啊。』我不好意思地點頭。

「對我來說，」佳樺把文件端在我面前，我直覺地伸出手接過來。

「妳用這種方式告訴我妳的心情。」

『我說了什麼嗎？』我問

「這要問妳，但是對我來說，」佳樺鬆開手：「妳說了很多。」

『這個是？』我看著我手裡的成堆文件。

「我在跟妳說話。」

『說什麼？』我嘟著嘴。

「幫我拿去歸檔。」佳樺笑了，「你真不懂我。」

是啊，我是不懂。對不起。我真的、真的很抱歉。

□

『曾德恆。』我走進茶水間。

「喔，千雅？」曾德恆拿著杯子，笑了。

『謝謝你的關心。』我說。

「不必客氣的。」

『不，我真的很感謝你。』

「其實，我什麼也沒做啊。」曾德恆對我說。

『對了，』我岔開話題，『你知道我之前跟佳樺去旅行嗎？』

「真的嗎？」

『是的。』我說。

我告訴曾德恆我們的旅程。就像很熟悉的人閒聊著過去一樣。那是旅行，我確認。

「聽起來很有意思，很棒。」他說。

『是啊。』我點頭:『我想跟你說,旅行不一定要一個人。』

「真的。」他點頭。

『但是一定要揹著行囊。你說是嗎?』

曾德恆拿著杯子,對我做出舉杯的動作。

乾杯。

我想起好久之前,我拿著橘子水跟大師乾杯的那個晚上。我突然懂了一些事情。在杯子與杯子沒有實際的碰撞,卻溢出回憶的當下。很多東西都清晰了起來。

□

「如歌?」

我走進了雜貨店,隔了一、兩個禮拜。

『大師,好久不見。』我說。

「不會啊,我經常見到妳。」

『怎麼可能?』我嘟嘴。

「真的。我好像都可以在對街看見妳,卻不是真的看見妳。」

我的心臟往下一沉,但又想起大師對我說的。不可以在他面前掉眼淚。他是真的看見了我嗎?我很好奇。

『大師,我問你一個問題。』

「好巧,我也想問妳一個問題。」

『什麼?』

「妳會說廣東話嗎？」

我搖頭。誰那麼厲害，沒事跑去學廣東話。

「真可惜。」大師嘆氣。

『為什麼？』

「妳知不知道，如歌的廣東話聽起來……」

『嗯？』

「很像乳溝。」

『你神經病！』

□

跟大師聊天的過程，我不時偷眼望向吳老先生。老先生還是端著他的餅乾盒，珍而重之地來回撫摸著。大師不停地朝我使眼色，要我過去打招呼，我還是卻步了。

「怎麼不過去跟他說說話呢？」大師笑著問我。

『我不敢。』我老實說。

「不敢？」

『我怕老先生不歡迎我。』

「怎麼可能！」大師哈哈大笑，笑聲有點誇張。

我怨懟地瞪了大師一眼，這樣的笑聲讓我渾身不對勁。

『老先生要我別回來這裡了。』我低下頭。

每次回想到老先生這麼跟我說的時候，那個眼神以及口氣，都會讓我想起自己飄搖。而這恰好是我最想捨棄的一個部分。如果我可以像佳樺一樣，隨便就把自己的某個部分捨棄在

電車上，那該有多好。我一定會比現在快樂多了，也有自信多了。

「妳剛剛想問我什麼？」大師看著我。

『我想問你，你是不是真的在對街看到我。』

「當然沒有。」

『是喔⋯⋯』我放心了。

「我只會在這個地方看到妳。」大師指著櫃台前面。

『誰說，你也會在路上看見我啊！』

「在路上看見的是馬千雅，這裡的不是。」

『這裡的是如歌，對吧！』我吐舌。

「是啊。」大師笑了：「去跟他打個招呼吧。」

我死命搖頭，好像整個頭黏在我的脖子上，很不舒服似的。

「我可以再問妳一個問題嗎？」

『不要又是乳溝了喔。』我警告。

「不會。」大師笑了。

「妳知不知道上次老先生罵人，要那個人別回來是什麼時候？」

『就是罵我啊。』我嘟著嘴

「不，在妳之前。」

『誰？』

是老太太。大家都叫他師母。大師最經常這樣對師母吼著，可是⋯⋯最希望看見師母的，就是現在的老先生了。

□

　　我拿起橘子水，咬了個尖口。這個舌尖癢癢的感覺讓我好舒服。這些日子以來，我多麼懷念這樣的感受。突然舒服得好想睡著。

　　我很好奇，大師這樣跟我說之後，我是不是會走到老先生面前。最後我知道了，我沒有。老先生兀自走進房裡，氣球就破掉了。這個氣球就是拉著我跟老先生和好的那個往上浮的氣球。

　　『來不及了。』我說。

　　「今天是來不及了，明天還有機會。」

　　『是嗎？』明天嗎？

　　「對了，那天結果如何？」

　　『大師，你今天問題好多，平常都是我問你的，』

　　「呵呵，我是心急了點。」

　　『都怪我太久沒來了，對吧！』

　　「不怪妳。」大師說：「不會有人怪罪妳的。」

　　『那天你不是說要留下來陪我？』我瞪著大師。

　　大師走出櫃台，對著外頭伸了個懶腰。

　　「那天怎麼樣了？」大師問我。

　　『不管，你先回答我的問題。』

　　大師回頭看著我，然後走到老先生板凳上，一屁股坐下去。

「原來如此。」大師點頭喃喃道。

『什麼東西原來如此?』我嘟著嘴。

「這個角度看過去的妳,很特別。」

『哪裡特別,我聽不懂啦。』我抱怨著。

「感覺好像妳隨時都要離開一樣。」

『我沒有。』我說。

大師站了起來,自己開了個橘子水。

「一切都好嗎?」

『你說那天嗎?』

大師點頭。

『都好,我跟他解釋了,他也明白了。』

「這樣真好。」

『後來在公司,他也過來跟我說話了。』

「好棒。」

『我發現,他是一個很柔軟的人。』

「他可以彎腰摸到自己的腳趾頭?」大師問我。

『不是這個啦。』

笨蛋,我說的是靈魂,是靈魂。

「噢,這也難怪,因為我看不見他的靈魂。」

『我也沒看見,我是感覺出來的。』我說。

「看來,妳喜歡上一個很棒的人。」

我聳聳肩,不置可否。

『現在換你回答我了。』

「回答妳？」

『你不要裝傻，你說好要陪我的。』我說。

「噢，妳說那天啊。」

「那天我突然肚子痛，跑去找廁所。」

『找了這麼久嗎？』

「妳不知道，麥當勞的廁所剛好整修，我無奈之下，只好……」

『怎麼？』

「拉在褲子裡。」

『吼，你好髒喔，你現在不要跟我說話。』

外頭突然下起了大雨。天氣這樣變化無常，實在很奇妙。還好因為這場雨，空氣中的聲音多了點。突然來的沉默，也就沒那麼明顯了。過了好一下子，我終於受不了。

『好啦，你可以跟我說話。不過不可以這麼髒。』

大師重重吐了一口氣：「呼，謝謝妳。」

『你剛剛說的是真的假的？』

「我沒有騙過妳啊。」大師歪著頭看著我。

『亂說，你一定是騙我的。』

大師拚命搖著頭。哈，跟我剛剛的樣子真像。

「妳學會了嗎？」

『什麼東西？』

「我教妳的歌。」

我搖頭。

「沒關係，我會慢慢教妳的。」

□

　　我都以為自己被拋在這個鏡頭的外面了。尤其在大雨剛停下的夜晚，從雜貨店的櫃台往外頭望去。至少，吳老先生沒有把我趕出去。那一天，我在雜貨店裡唱著一首又一首的歌。旋律好奇怪，可以盤繞心頭不止。而我對這一切的思念，透過文字以後，很快的會被某某遺忘。只剩下自己一個人還在路邊觀望，如同前幾天，我在對街。看著雜貨店。也好像可以看著現在的自己，沒有憂愁。

　　那天很奇怪，我在雜貨店待到好晚、好晚。沒有車可以回去了。我跟著大師到他住的地方，那個必須登上五樓才會到的房間。

　　大師把窗簾拉開，讓我可以聞到大雨剛過的台北市。原來一個城市把自己洗乾淨了，也可以這麼美好。大師還是坐在地板上，木質地板走起路來會發出「嘎嘎」的聲音。偷看了菸盒一眼，菸盒排列整齊，一個接著一個。

　　『大師。』我看著菸盒。

　　「嗯？」大師抬起頭看我。

　　『我沒有出現的時候，你在想些什麼？』

　　大師將下巴靠在自己的膝蓋上，看著地板。也不知道是在回答我，還是在自言自語。

　　「我想著什麼呢？」

『是啊，你想著什麼？』

「我想，妳是不是真正墜落了。」

『大師，你好笨喔。』我說。

「我笨？」大師驚訝看著我。

『是啊，即使我墜落了，我也不會消失不見。』

「墜落了就會有東西離開的啊！」大師說。

『不管，那不會是我。』

大師站了起來，走到我身邊。突然把手伸到我的肚子附近，我嚇了一跳。

『你幹嘛？』

「抱歉，我拿個東西。」

是抽屜啊。大師從抽屜裡面拿出一張照片。黑呼呼的，畫面中有一個人撐著傘。其他只剩下像蝌蚪一樣的光線扭曲著。

『這是什麼照片？』我把照片接過來，仔細端詳。

「這張照片的名字，叫做離開。」

『你拍的？』

「是啊。」

『拍得不錯。』

「謝謝。」大師笑著：「有一天我希望拍出所有美好。」

我把照片放在桌上，我知道大師有話要跟我說。認識這麼久了，我已經可以解讀出他的表情。

「妳有玩過跳傘嗎？」

『沒有。』我搖頭。

「這樣問好了，妳知道從高處往下墜的那種感覺嗎？」

『知道啊，心臟會飛起來。』

「對、對、對。」大師笑著，「就是這樣。」

『然後呢？』

「妳知道嗎？每次墜落的時候，心臟會以為身體還在原地。」

『心臟？』我問：『心臟不是在身體裡面嗎？』

「是，但是心臟是人體最難以理解的部分。」

『喔？』

「當心臟以為身體還在原地，其實身體已經落下的時候，就會有那種飛起來的感覺，這樣妳了解了？」

『大概懂吧。』

很深奧。但是仔細想想，好像也沒有那麼難。

「所以，因為心臟以為身體還在，卻不得不跟著身體墜落。」

「就會把一些東西遺落在原本還沒墜落的那個地方。」

「所以，當妳準備要墜落了，就必須捨棄一些東西。」

這個就太深奧了。

『那會捨棄哪些東西？』我問。

「不一定。但是如果不捨棄一些東西，妳的心就會負荷不來。」

『那會怎樣？』我好奇。

「那會很難受。所以……」

『但是我也不會捨棄雜貨店的，我保證。』

「是嗎？」大師笑了，然後把照片收回抽屜裡。

『你幹嘛一副我就是要墜落的樣子？』我問。

「因為我是大師。」

『少來！』我哼了一聲。

那個晚上，我奮力想爬上書櫃在菸盒上留下自己的字。最後當我醒來，大師又不在房間裡。這個地方的白天與黑夜的交界，實在很不清楚。我總在不自覺的狀態下睡去，好沉、好沉。

「跟上次一樣、但我帶了鑰匙、不要遲到。」

大師寫的毛筆字很美。是不是跟吳老先生學的呢？我突然想起來，吳老先生是書法老師。

然後，我決定把盒子打開。

□

特休假還有一天。這樣做好不好，我實在不清楚。我只跟佳樺說，希望她這一天中午到雜貨店一趟。在我最後一天特休假的日子。

我起了個大早，連平常上班都沒這麼早起床。就好像我演了整齣的戲劇，卻從頭到尾的鏡頭都被剪掉。而唯一露臉的，竟然是我剛好路過的那一天早上。好吧，我知道我想學大師說些奇怪的哲理。可是聽起來一點邏輯都沒有。然後我打扮好自己，也打扮好自己的心情。

雜貨店。

「妳怎麼這個時候出現？」大師瞠目結舌看著我。

『我來打工。』我笑著。

「打、打工？」

『是啊，我今天請假一天。』我說：『我來幫忙。』

「這……沒有什麼忙可以幫的啊。」

『不管。』我指著櫃台：『我可以進去嗎？』

「可以。」

第一次，我走入這個櫃台。原來櫃台後面看出去世界，是一樣的。我偷偷回過頭看著吳老先生，他還是坐在老位置上。然後我走了出去。

『老先生。』我笑著。

「咋地啊？」老先生抬頭看著我。

『今天我來上班。』我說。

「來就來吧。」他又轉回頭去。

『所以今天……』我指著大師：『他放假。』

「我放假？」大師指著自己。

這一秒鐘，我們的手指都指著同一個方向。好特別。

『是啊，今天放假一天，開心嗎？』我笑著。

「可是，我……」大師說：「我沒有其他地方可以去。」

『去旅行啊！』我說。

「去哪裡旅行？」

『我不知道，』我笑著，『帶著你的相機，去吧。』

「那妳中餐怎麼辦？」

『你不是要拍出所有美好？』

「妳不怕我從此不回來了？」大師看著我，少了笑容。

『你不要管我，我會照顧自己的。』我說：『鑰匙給我。』

大師遲疑了好久，我伸出去的手有點痠。於是我再做出往前伸手的動作。

「好吧。」

大師把鑰匙放在櫃台上，發出清脆的聲音。

『這個跟你交換。』

我放了幾張鈔票在櫃台上。

「這個給我幹嘛？」

『去旅行要有經費嘛，我贊助你。』

「這樣不好吧！」

『不會，但是要把拍的照片給我看喔。』

「怎麼會這麼突然？」

『不突然啊。』我說。

我想看你的海岸線。我也想看著你，走出這個海岸線，你會看見什麼呢？又會把自己的影子留在什麼地方？

第六首歌　**陪伴**

只要數著你的呼吸。

只要等著魔法消失殆盡。

你的守候現在不在家，請你，

請你不要害怕，魔法還在。

　　我知道為什麼沒有忙可以幫了。一個上午，沒有任何一個人踏進雜貨店裡面來。這樣的日子，大師究竟是拿什麼填補呢？我知道老先生是摸著自己的回憶呼吸的。大師呢？

　　我好像知道了，真的。大師說的海浪聲音，我好像知道了。原來大師跟老先生一樣，都在守候。都是守候的海浪聲。

□

　　「妳的中餐。」

　　『太感謝妳了。』我感激地看著佳樺。

　　還好，我有預先讓佳樺中午過來。整個雜貨店除了老先生坐著的板凳，再沒有地方可以讓佳樺坐。於是她跟著我站著，就這樣吃完了佳樺送來的中餐。

　　「妳還真的跑來顧店？」佳樺問我。

　　『是啊。』我回過頭，『那就是吳老先生。』

　　「看起來很和藹啊。」佳樺小聲地。

　　『要不要跟他打個招呼？』

　　「好啊。」

　　我走出櫃台，一個不小心櫃台的轉角碰了腰一下。疼得我喊了出來。好痛啊，我跟這裡真的不大熟。

　　『老先生。』我強忍著痛楚，『這是我同事。』

　　老先生抬起頭，看著佳樺。

　　「老先生你好，我是佳樺。」

　　「咋啦？」老先生摸著餅乾盒。

『沒事兒，只是跟你打個招呼。』我說。

「打招呼？」老先生斜眼看了佳樺。

然後咕嚕咕嚕不知道說些什麼，大師不在，我也少了翻譯。佳樺有點尷尬，我們點了點頭，走回櫃台。

「老先生脾氣的確有點古怪。」佳樺說。

『是啊，我都有點怕他。』我點頭。

不知道是不是我們忘了小聲說話，老先生走了過來，瞪著我們。手裡還拿著板凳，一副就是要拿板凳砸向我們的樣子。

『老先生！』我驚呼。

老先生咳嗽了一下，氣喘吁吁瞪著我們。

「要不要坐啊？」

『啊？』

「俺問妳要不要坐啊？」

老先生拿著板凳揮啊揮的。

「不必了，老先生您坐。」佳樺說。

『是啊，她一會兒就走，您坐就好。』我也趕緊說。

「那好，妹妹啊，給她準備飲料啊。」老先生說。

□

「他叫妳妹妹咧！」佳樺喝著可樂，偷笑著。

『有什麼好笑的？』

「老先生人很好嘛，妳怎麼把他說得像魔鬼一樣。」

『妳剛剛也說他脾氣古怪，還說我。』我瞪著佳樺。

「還沒深入相處，難免會有誤會。」佳樺說。

『是啊。』但我很開心，非常開心。

聽見老先生又叫我「妹妹」，不知道為何心頭就是暖烘烘的。佳樺回去上班之後，下午總算有人光顧。但是只買了一罐養樂多。就這樣，我不時回頭偷望老先生。他只是直直盯著前方，什麼話也沒跟我說。但是這種感覺很舒服。卻有點寂寞。我明明在他旁邊的啊？為什麼老先生還是望著遠方呢？這樣的執著，我實在很難想像。

爸爸想著媽媽的時候，是不是也跟老先生一樣的表情呢？我沒看過老太太，也沒看過媽媽。所以我無法揣測想念他們的時候，我是什麼心情。只記得小時候半夜起床，偶爾會看見爸爸坐在小小的客廳裡。是發呆嗎？現在不管怎麼回想，我都想不起爸爸那時候的表情了。其實，很多東西在我的腦袋裡，也越來越模糊。

就像雜貨店外面的世界一樣。又下起了雨，世界被雨水浸溼，都模糊了起來。連聲音也聽不仔細了。

□

大師渾身溼透站在雜貨店門口，雙手扠著腰。我裝作沒看見他，繼續拿著抹布擦著櫃台。其實櫃台乾淨得很，玻璃都會發亮。

「我回來了。」大師笑著。

『你回來啦？』我抬起頭，笑著。

「是的，辛苦妳了。」

『不會，好玩嗎？』我說。

「沒有好不好玩，我是去旅行的。」

『怎麼這麼早就回來了呢？』

「因為我翅膀還不夠硬。」大師笑著。

『趕快進來啊，笨蛋。』

老先生走了過來，丟了一條大毛巾給大師。我回過頭驚訝看著老先生，他卻看也沒看我一眼。坐回了原本的位置。那個大師說，失望的人才能坐的位置。大師擦了擦身體，把鈔票放在櫃台上。

『怎麼？』我問。

「還給妳囉。」

『為什麼沒有花掉？』

「有時候旅行不需要花任何一毛錢的。」

『怎麼可能？』

「有時候啦，但是大部分都要花錢。」

笨蛋。我笑了。雜貨店的一天很輕鬆，最累的大概就是無聊了。大師拿著一個一塊錢硬幣，在櫃台上敲啊敲。

『幹嘛？』

「買橘子水囉。」

『幹嘛這麼愛學人！』我嘟著嘴。

「我們今天角色互換啊，多好玩。」

我百般不願地拿了橘子水給大師，大師只拿走一條。

「乾杯。」大師說。

『乾杯。』我拿起剩下的那一條。

我咬了一個大大的開口，讓橘子水像洪水一樣。這種感覺很暢快，跟我小時候那種珍惜地喝著的感覺不同。但是暢快。

「今天都順利嗎？」大師問。

『當然啊，肯定比你順利多了。』我說。

「老先生……沒有發脾氣吧？」大師小聲地。

『沒有啊，他還很開心看到佳樺呢。』

我告訴大師，佳樺中午來發生的事。

大師一邊聽，一邊點頭笑著。

「看來……」大師偷偷望了老先生一眼：「他也喜歡美女。」

『你亂說什麼！』我拍了大師肩膀一下。

溼透了，大師。桌上的鈔票也是。

「是了，妳肚子餓嗎？」

『一點點。』

「要不等老先生去休息後，我們去吃點東西？」

『好啊，要吃什麼呢？』

「吃鱉好了。」

『你又亂說！』

「不，鱉是一種補品，又叫做甲魚，很補的！」

『鱉不是烏龜嗎？烏龜這麼可愛，你怎麼可以吃他！』

「小雞也很可愛，妳還不是吃雞？」

『那不一樣。』我說。

「好吧，那我們去吃……」

大師還沒有說完，順著我的眼光，轉過頭去。曾德恆撐著傘，站在雜貨店外頭。

『曾德恆？』我訝異著。

「千雅。」曾德恆收了傘，走進來。

「今天沒看妳上班，還以為妳不舒服。」

大師看著曾德恆，笑著。

「你好，我是曾德恆，千雅的同事。」

「我知道，你好。」大師點頭。

『你怎麼知道我在這裡的？』我好奇。

「蔡佳樺跟我說的。」

『這樣啊。』

「妳在這裡做什麼呢？」

『我……我在打工。』我說。

「打工？」曾德恆表情很疑惑。

大師走進櫃台，一臉笑意。

「她跟你開玩笑的。」

「是嗎？」曾德恆笑了。

「千雅，要不要一起吃個晚餐呢？」曾德恆看了看手錶。

『可是……』我看著大師。

剛才已經跟大師約定好了。

「去吧，」大師說：「我也要準備收拾了。」

『可是……』

大師擺出「請」的姿勢。我知道，這個姿勢是要我出去櫃台。

「要一起去嗎？」曾德恆果然很柔軟，開口問大師。

「不了。」大師說：「我得留在原地。」

『大師。』我說。

「快去吧，晚了。」

不知道爲什麼，大師說「我得留在原地」的時候。我感覺大師好像我的心臟。好像不這樣，我就會負荷不來。是這樣嗎？大師。

□

我的腰好痛。走出了雜貨店才發現，佳樺中午來的時候，撞了那一下，會痛很久。但我還是走了，因爲曾德恆炙熱的眼光，我無法拒絕、也不想拒絕這個我想墜落的男子的邀約。

天知道這場雨要下多久，我希望它趕緊停止。這淅淅嘩嘩的聲音讓我不自在。從雜貨店往外頭走去，我的眼光在雨中的街道中。模糊而陌生，竟然讓我有些害怕。而我的腰還持續疼痛著。怎麼剛才都沒有察覺呢？我眞的想不透。

最後，我走出雜貨店之前，還是回頭了。裝作漫不經心，只想打個離別的招呼那樣。這樣的假裝有點沒意義，但我還是這麼做了。然後看見了大師。櫃台裡面，我正走入一場雨。大師手拿著照相機，趕蒼蠅般的揮手。

閃光。

眨眼。

大師拍了一張我的照片，有點唐突。照片裡面的我是什麼表情呢？我好想看看。如果我手上有相機，我也會拍下這個時候的大師的表情。妳知道嗎？大師的微笑有種說不出來的客套。好像隔著一道玻璃做的牆。是外面這場雨的玻璃牆嗎？

□

只有一把傘。曾德恆撐傘的方式跟大師不同，大師會微微站在我的後方一些。傘骨會在我的右後腦或者左後腦的地方。曾德恆則是站在我的旁邊，傘骨在我的耳際。

這樣的撐傘方式也許沒什麼太大差異。但是如果要對談，聲音聽起來就不大相同。曾德恆的聲音在我身邊，我只要稍微抬頭就可以完全聽見。大師則不一樣。大師的聲音從後面傳來的，聽起來有點遠。

「我聽佳樺說，妳經常去那個雜貨店？」

我點點頭：『是的。』

高跟鞋踏著地上的水窪，啪嗒啪嗒的。

「看來妳很喜歡那個雜貨店。」

『是啊，那裡面都是寶物，我很喜歡。』我說。

「你跟那個朋友，看起來感情很好。」

『你說大師嗎？』

「是啊，他叫做大師？真有意思的綽號。」

『因為他說話總是很深奧囉。』

『是嗎？真想跟他好好聊一聊。」

離開了雨，我們退入了另外一個充滿了人聲的世界。找了一個角落的位置坐下，我的肚子偷偷地叫了起來。

『你、你今天怎麼會跑來？』我好奇地。

「老實說我也不是很清楚，總之我是這麼做了。」

『哪有人不知道自己為什麼會跑來的？』

「有啊。」曾德恆指著自己。

「肚子餓了吧？」我點點頭。

整間店裡充滿了熱鬧的感覺。我慢慢吃著眼前的食物，曾德恆則看著自己的盤子。

『你的不好吃嗎？』我問。

「有點怪怪的。」

『是嗎，哪裡怪怪的？』

「妳吃吃看。」曾德恆把叉子遞到我的眼前。

『還好啊。』我說。

「是嗎？」曾德恆又叉了一塊肉起來。

『等一下！』我制止。

曾德恆似乎對我的舉動感動錯愕，拿著叉子不知所措。我忍不住笑了。

『你要不要換個叉子啊？』我說。

「喔，」曾德恆盯著叉子，都成了鬥雞眼了。

「這樣好像是間接接吻喔？」

『我沒有想那麼多啦。』我的臉熱熱辣辣的。其實我只是擔心衛生問題而已。

　　「妳還滿可愛的，讓我想起學生時代的初戀。」我的臉更燙了。

　　我低著頭，幾乎把臉埋在盤子裡面。

　　「千雅。」

　　『嗯？』我抬起頭。

　　「妳的叉子又在Menu上面。」

　　『啊！』我知道我的臉更紅了。

　　這頓晚餐如果剛好舉辦臉紅大賽，我肯定奪魁。

　　「小心別把菜吃進鼻子裡了。」

□

　　外面還下著雨，曾德恆自己付了帳。我則是望著玻璃門外發呆。

　　「怎麼了？」曾德恆走了過來。

　　『雨還沒停。』我說。

　　「是啊，我送妳回去吧。」

　　『不了，不麻煩，我自己坐車回去可以了。』

　　「真的嗎？妳真是獨立的女孩。」

　　我們走在騎樓內，不時地與路人擦肩而過。

　　「妳為什麼這麼喜歡那個雜貨店呢？」曾德恆問我。

　　『我喜歡吃橘子水。』我笑著。

　　橘子水是我小時候的回憶，可以重新遇見橘子水，對我來說很重要。

　　「噢，這樣聽起來的確很重要。」

　　『是啊，』我掏出皮包裡面的硬幣：『這是我爸爸給我的。』

　　「是嗎？」

　　好像說著別人的故事一樣。我把爸爸給我這個硬幣的事告訴曾德恆。

　　「妳很勇敢。」他說。

　　『才不呢，我一點也不勇敢。』

　　我只是要提早長大而已。

　　「沒想到妳有這麼多的故事。」

　　『這不是故事啊，這是我的成長。』我說。

　　「妳比我想像得還要成熟。」

　　『怎麼，你一直覺得我像小孩子嗎？』我嘟著嘴。

　　「當小孩子不好嗎？」曾德恆瞪大了眼睛。

　　『當然好。』我說。

　　曾德恆笑了笑。

　　「我還以為妳是被呵護著拼湊出來的小女孩呢。」

　　『也算是啊，大家都很保護我。』我笑著。

　　「那妳快樂嗎？」

　　『快樂？』

　　我沒想過這樣的問題。於是我搖頭了。

「所以妳不快樂？」

『不是。』我說。

『快樂這兩個字太虛無飄渺了。』

『我只希望每天都有一個目標。』

『到達一個目標，我就往下個目標前進。』

我一口氣說完，自己都覺得有點深奧。看來我被大師影響很深，但我終究只是個裝懂的孩子罷了。

「說得真好。」曾德恆點頭：「那妳現在的目標是？」

『墜落啊。』我好像飛起來了。

『我到了，謝謝你，明天見。』

這九個字我印象好深刻。我說起來，像極了大師寫在紙上的毛筆字一樣。龍飛鳳舞的。

□

雜貨店已經關門了。大師住的地方，樓下的門也關著。我等了好久，總算遇見一個同棟樓的住戶要進去。我跟在後面，鬼鬼祟祟的。

「小姐？」

『啊，我是五樓住戶的朋友。』我急忙澄清。

「不是，我是說，小姐妳的傘沒有收起來。」

我看了看自己的手，才發現我在騎樓竟然撐著傘。而且，進了公寓裡面來撐著。

『抱歉。』我尷尬地笑了笑。

　　我敲了門。趁著還沒開門的空檔，我按摩了一下小腿。站了一天，又走了這麼長一段路，簡直折磨死了。我可不希望明天我走在路上，有一堆小白兔跟在我的後頭。然後我必須出言恐嚇。

　　『我最喜歡吃三杯白兔了。』

　　『或者沙茶白兔？』

　　『冬天還是適合吃白兔火鍋。』

　　這樣應該可以趕走那些白兔吧。別想來偷吃我的蘿蔔腿。哼。

　　「什麼白兔火鍋？」大師打開門。

　　『你肚子餓嗎？』我拎起一袋食物。

　　「先進來吧。」

□

　　大師呼嚕呼嚕地吃著麵。我坐在大師原本坐的地板上，看著大師吃麵的背影。

　　『你都不吃晚餐的嗎？』我的聲音很平靜。

　　「省錢嘛。」大師回過頭看我一眼。

　　『這樣超級不健康的。』我說。

　　「不打緊，我已經過了發育期了。」我搖搖頭。

　　大師站了起來，把吃完的東西收拾了一下。

　　「謝謝妳的白兔火鍋。」他說。

　　『什麼白兔火鍋？』我瞪了他一下。

「開玩笑的，我想妳也沒那麼殘忍。」

我一邊揉捏著自己的小腿，嘟著我的嘴。

「妳怎麼會突然跑來呢？」

『我要看照片啊。』我說。

「照片怎麼會這麼快就沖洗好？」

『現在已經是數位時代了，不是嗎？』

「我比較老派，我使用傳統相機。」

傳統相機有一種無法取代的美。那不是依靠數位相機的繽紛功能可以僭越的。

『所以，我現在還不能看到囉？』我有些失望。

「是的，抱歉讓妳失望了。」

『那什麼時候可以看到？』

「很快的，也許那個時候，妳已經不想看了。」

『不會的，我一定會很想看。』我堅決地。

「是嗎？我真不知道該開心好，還是該難過好。」

為什麼要難過？我問大師。大師只是笑著，不回答我。我討厭裝神祕，也討厭賣關子。但是不知道為什麼，我並沒有因為大師的舉動生氣。只是很安心地，很安心地。我知道我會看見的。

「因為我不會騙妳的啊。」大師總是這麼說。

這種聽起來荒謬死了的話，我卻深信不疑。大師把書桌的位置讓給我，我搖搖頭。

「晚餐順利嗎？」

『順利。』我點頭。

我告訴大師，曾德恆讓我臉紅了。

「看來，妳差不多已經墜落了。」

『眞的嗎？』

「早點回去吧。」大師站起來。

『等一下嘛，我想聽你幫我分析。』

「分析什麼？」

『分析我啊。』

「妳不需要被分析，妳只需要找到一個疼愛妳的人就好。」

『可是我想聽啊！』

「妳該走了，好晚了。」

『你幹嘛一直要趕我走？』我嘟著嘴。

　大師走進洗手間裡面，打開水龍頭。我偷偷拿起一個菸盒，塞進包包裡，然後走到洗手間外面。

『你怎麼了？』我問。

「沒事兒。」大師咳嗽著。

過了一會兒，大師才走出來。

「沒有吃晚餐的習慣，突然有點不適應。」

『你吐了？』我關心地。

「不是吐。」大師笑著：「是灌溉。」

『亂講。』我沒好氣的。

「正值萬株紅葉滿，問言何處芙蓉多。」

『大師，我想問你。』

「什麼？」

『你每次說的這些話，究竟有什麼意思？』

大師笑了笑，拿了一件外套穿上。

「其實什麼意思也沒有。」

「我喜歡看著人猜測我想說些什麼。」

「其實我什麼也沒說，在說話的是妳自己。」

「當妳想探究別人的話，其實正在探究自己的心。」

「妳可能以為自己該懂的。」

「不懂了就會沮喪。」

「但是，人生有很多的不懂，也沒什麼不好的。」

不是嗎？我點頭。

『所以孫子兵法也是亂說的？』

「不，」大師神祕地笑著：「孫子兵法可是認真的。」

「妳該回去了。」

□

到車站的路上，大師沒有說話。我央求他繼續教我唱歌，他也搖頭。

『為什麼？』

「沒有為什麼。」

『你不是說會慢慢教我的嗎？』

「妳已經學會了啊。」

『才怪咧。』我做了個鬼臉。

「妳已經墜落了，就代表學會了。」

『我還沒墜落。』我說。

大師停下腳步，好像要把我看穿似的看著我。

「墜落很美，爲什麼要否認？」

『我不是否認，只是想學你唱的歌。』

「我唱的歌一點意義也沒有，妳的墜落才重要。」

『我也可以一邊墜落，一邊學你的歌啊！』

「那可不行。」大師搖頭。

『那就是你說話不算話了。』我有點發怒。

「千雅，我跟妳說過了啊。」

『說過什麼？』

「悲傷的歌，也許會有快樂的結局。」

「但是我唱的都是快樂的歌，不適合現在的妳。」

「妳要有快樂的結局才對。」

『只是唱歌而已，幹嘛分這個分那個的。』

「千雅，我必需守在自己的海岸線才行。」

『這是什麼意思？』

大師不說話了。我跟在他的後面，一個人一把傘。高跟鞋的聲音在巷道裡面顯得突兀得不得了。好像一把蠟燭插在饅頭上。旁邊的人還唱著生日快樂歌。車站到了。大師停下腳步，我站在大師身後。

『大師。』我開口。

大師回過頭。我從來沒有預料到，這個世界有人會眞的沒

有表情。開心、難過、興奮、緊張。多少都會在臉上留下線索。大師卻一點表情也沒有,只是看著我。好像「看著我」本身就是一個存在,不需要其他表情來證明。我卻有點不舒服。

『大師,你今天變得有點冷漠。』我說。

「怎麼會呢?」大師說:「我今天很開心。」

『爲了什麼開心?』

「爲了我有一天假期。」

「爲了老先生告訴我他今天很快樂。」

「爲了我可以看著妳墜落。」

「當然還有我吃了晚餐。」

我點點頭。

『大師,我一點都感覺不出你的開心。』

「我是眞的開心。」大師說。

『我覺得,你突然變得很客套。』

「沒有的事。」大師說:「今天老先生眞的很開心。」

『好吧。』我往走了兩步,回過頭看著大師。

『大師,我走了,再見。』

「再見了,早點歇息,千雅。」

我走進捷運站,時間差不多可以趕上最末班車。

「千雅。」

『嗯?』我回過頭。

「如果可以的話,就用力地墜落。」

「墜落以後,就不要回雜貨店了。」我停下腳步,看著大

師。

　『大師。』我嘟著嘴。

　『爲什麼墜落了就不要去雜貨店？』

　「因爲我再沒有可以幫忙妳的地方了。」

　『我不是爲了要你幫忙才去的。』我說。

　「我知道，但我是爲了幫忙妳而存在的。」

　『我還是可以去雜貨店，對不對？』我說。

　「是啊，當然，沒有人可以捆綁妳。」

　大師退後兩步，還是面無表情。我有點害怕這樣的大師。不，應該說害怕面對這樣的大師。

　「可以幸福的墜落，就不要來了。」

　「雜貨店這種落伍的地方，會帶來不幸的。」

　「把時間留給妳墜落的地方，知道嗎？」我搖頭，雨越來越大，大師的肩膀的淋溼了。

　『大師，我還是可以去雜貨店，對不對？』我說。

　「可以的話，就不要來了吧。」

　『你趕快說對。』我嘟著嘴。

　「再見了，千雅。」

　大師說完，對我點點頭。那是對陌生人才有的打招呼方式。這一天我一直以爲一定會是喜劇的。事實上也是。我跟老先生都很開心，老先生也歡迎我回去。只是沒想到，這一天的結尾，竟然會是這樣。

　我好生氣、好生氣。爲什麼大師要這樣說？爲什麼他都不

肯說出「對」這個字？不是說沒有人可以捆綁我嗎，為什麼大師又把我捆綁了？

看著大師離去的背影，我好生氣、好生氣。

『我是馬千雅，不是如歌。』我小聲地。

雖然我很清楚，再清楚不過了。大師今天叫我千雅。不是如歌。我不再是一首歌了吧，大概。

□

大師抱著小白兔出現在我的面前。

「今天要三杯好呢？還是碳燒？」大師笑著。

『你不會真的要吃了小白兔吧？』我驚呼。

「吃掉了就好啦，人生還是會繼續往前走。」

『你這樣好殘忍。』我大叫。

「我本來就很殘忍，不是嗎？」

在尖叫聲中，我從睡夢中驚醒。大師真的很討厭。這個夢，我已經做了很多次了。每一次我看見大師撫摸著白兔，都覺得很好笑。然後又因為大師說的話生氣。

『我不要跟你好了啦。』

我對著自己說。大師聽得到嗎？

□

那個菸盒，我想可能沒機會放回大師的房間了吧。我雖然弄不懂自己是哪裡惹他不開心，但我還算懂事。大師的冷漠以

及客套，讓我覺得自己好像從來都不認識他一樣。其實大師要把小白兔煮來吃不是夢。過去的那個大師，才是在夢裡遇見的吧。

「妳很喜歡收集菸盒嗎？」

中午吃飯的時候，曾德恆問我。我搖頭。佳樺跟著蒼蠅不知道幾號去吃飯了。最近都是曾德恆陪我吃飯。至少我有人陪。我是這麼想的。

「之前我還以為妳抽菸呢！」

『我不做這種殺害自己、又摧毀新鮮空氣的事。』我說。

「那為什麼要拿著菸盒？」

『上兵伐謀，其次伐交，其次伐兵，其下攻城。』

「這個是？」

『孫子兵法。』我說。

我跟曾德恆的關係很奇怪。我以為我應該要墜落了，但是偏偏沒有。當然，跟他一起用餐還是愉快的。曾德恆是個風趣又溫柔的人，讓我沒有任何負擔。但是偏偏又維持著一個很奇妙的距離，我不開口問，他也不會說。就好像比較好的朋友一樣。這段時間，我跟曾德恆說了很多雜貨店的事。關於吳老先生。曾德恆對吳老先生的狀況很難理解。也許他沒有親眼看見吳老先生放在腿上的餅乾盒，所以不懂吧。

「那個盧老先生，最近好嗎？」

『是吳老先生。』我糾正。

「噢，真抱歉。」

『我也不清處，應該很好吧我猜。』

「喔，妳最近比較少去雜貨店了？」

『是啊。』是根本沒去。

「為什麼呢？」

『因為我墜落了。』我說。

好無奈啊，我真的墜落了嗎？我想沒有。那麼我是否應該回去雜貨店的呢？每當我這樣想，大師那個沒有表情的臉就會出現。不知道為什麼，我就不願意走進去了。

「墜落？」

『這個有點難解釋，總之，我現在不想去了。』

「好吧，那如果有一天妳回去了，幫我問候老先生。」

『嗯。』我隨便答著。

「還有那個很有趣的大師。」

□

其實我很不想承認。但是我晚上下班，還是會不小心經過雜貨店。不過都只在對街看著。我的個性中有一個很難釐清的部分。我討厭這種被捨棄的感覺。第一次我覺得被老先生捨棄了，我不敢踏進雜貨店一步。這一次大師沒有捨棄我，但那種冷漠讓我很難受。

也許我怕的就是這種感覺。不知道該說是孤單，還是失望。這兩個東西，我分辨不出自己究竟是害怕哪一個。也許兩個都怕，兩個都一樣吧。

□

下班之前，曾德恆跑來找我。特地跑來這個動作，讓我有些驚訝。

「千雅，晚上有空嗎？」

『怎麼了嗎？』

「同事說想一起吃飯，方便嗎？」

『我跟他們不熟哩。』我尷尬地。

「他們都很好的，我想介紹妳給他們認識。」

『這樣會不會有點奇怪？』

「放心，有我在，妳不會感到不舒服的。」

我點點頭。曾德恆會保護我的，這個我很久之前就知道了。我以為答應了之後，曾德恆該會非常開心。但他只是淡淡地點了頭。我也沒有失望。只是覺得理所當然罷了。這樣還算是墜落嗎？

□

我下班的時間稍晚，所以我要曾德恆先過去。約好的地方我知道，所以我也不驚慌。佳樺本來要跟我一起去的，卻突然說有事。看她匆忙的模樣，我也不好意思強行逼她陪我。

這幾天冷了非常多，聽說這一波寒流還要持續好幾天。最低溫度只有五度左右。嘴巴呼出來的氣體，白濛濛的，好像抽菸一樣。小時候班上的男同學最無聊了，總會拿著原子筆，好

像自己已經是大人了一樣，模仿著抽菸的動作，當時覺得他們好愚蠢，現在回想起來，只覺得那樣無憂無慮很可愛。

現在那些男同學，可能每個人都抽菸吧。他們抽菸的時候，也許正煩惱著一些事情。工作、薪水、女朋友、甚至是小孩。他們會不會懷念自己小時候，拿著原子筆抽菸的單純？那種只是想長大的渴望，一定很讓人懷念。

我搓揉著雙手，讓白濛濛的煙吐在自己手掌上。溫度是稍稍提高了一點點，但持續不到幾秒鐘。因為遲了，我在公司門口攔了Taxi。好冷，我一點兒也不想走路。約好的地方，是台北有名的燒烤店。這間店有個特色，一到八點，大家就會高喊「乾杯」。如果你敢跟旁邊的人接吻，店家就會送你一盤肉。我去過幾次，牆上貼滿了所有的接吻照片。有的看起來很幸福，有的看起來很熱鬧。也有男生跟男生接吻的，看起來很開心。

門口一堆人坐著等待進場，我想曾德恆已經在裡面了。不知道為什麼，我不想馬上進去，在外面假裝等待進場的人。雖然很冷。我不想一進去，發覺大家都沒來，今天是整人遊戲。或者根本就是我發白日夢，沒有人約我來。我總是想太多，想得腦袋都疼了，還以為看見大師。

「千雅。」好像大師笑著。

『真的是你？』我瞪大了眼睛。

「是啊。」

『你怎麼會在這裡？』

「碰巧遇到的。」

『哪有這麼巧的，你騙我。』

「是真的，我不會騙妳的。」

『你在這裡幹嘛？』

大師笑了笑，這麼冷的天，還是那件格子襯衫。大師啊，你都不會冷嗎？

「妳想知道我叫做什麼名字嗎？」

『你來這裡就為了問我這個？』

「想知道嗎？」

『你到底怎麼會來這裡的？』

「妳想不想知道？」

我認輸。我想知道，我從來都沒辦法說贏大師。他的腦袋運轉太快了，而我也總被他拉著跑。

「我的名字是蘇睿亞。」

『蘇菲亞？好怪喔，這是女生的名字吧。』

「不是，是蘇睿亞，我才不會取蘇菲亞這種怪名字。」

『名字又不是你取的！』我笑了。

「是沒錯，但是蘇菲亞也太不適合我了。」

『然後呢？蘇睿亞的確不奇怪。』

「很奇怪的，妳唸快一點試試看。」

我試了兩、三次。蘇睿亞、蘇睿亞、蘇睿亞。

「不要跟我 Say sorry 了。」

『我哪有！』我嘟著嘴。

「我的名字唸起來，就是『Sorry 呀』。」

『是很像。』

「這也是我想跟妳說的話。」

『跟我說Sorry幹嘛？』

「我想請妳幫個忙。」

『幫什麼忙？』我抬起下巴。

大師笑著，我發現那個原本的大師又回來了。不是想吃掉白兔的大師喔。是那個亂說話，很親切的大師。

「吳老先生……」大師結巴著。

『老先生怎麼了？』

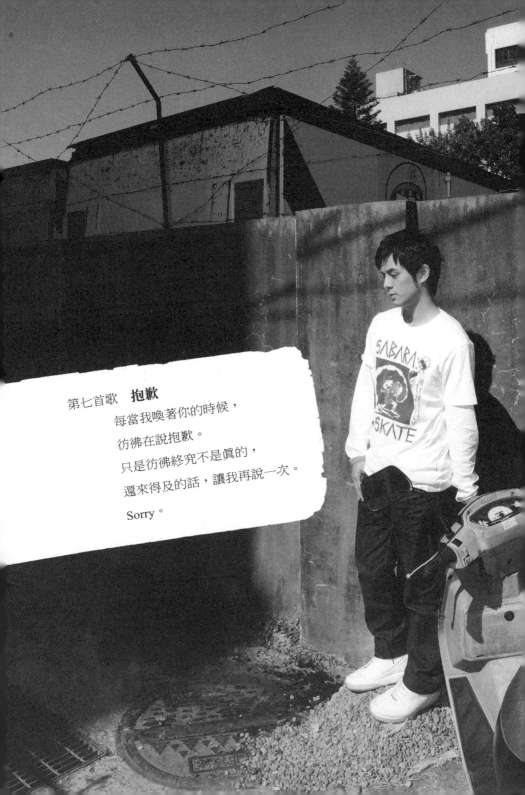

第七首歌　**抱歉**

　　每當我喚著你的時候，

　　彷彿在說抱歉。

　　只是彷彿終究不是真的，

　　還來得及的話，讓我再說一次。

　　Sorry。

　　這段日子，我在雜貨店對街看了一千遍。想像著大師站在櫃台的表情，還有老先生的撫摸。餅乾盒是如何的閃亮，告訴我它叫雙喜。把這段日子說得短了，就為了草草帶過。大概只有兩個字，「望著」。遠遠望著的時候，會有種落寞。大師那一秒鐘的表情，老先生腿上餅乾盒的嘆息。突然我睜開眼睛。這一切可能會離我很遠、很遠。完全看不清楚的那種距離了。

□

　　我走在大師背後。老先生的健康似乎不是很妙，卻不肯休息。當然，更甭提看醫生這回事了。我不知道大師為何會找到我，也不知道為何要找我。「妳來。」只有這兩個字，我就跟著走了。

　　我一度很焦急，想招輛Taxi趕回雜貨店去。大師拒絕了。而跟在大師身後的我，卻有種心安。這段時間沒看見大師，他一點兒也沒變。雖然時間不很長，但是我卻有種輕飄飄的感覺。

　　『你怎麼知道我在那裡的？』我開口。

　　「嗯？」大師回過頭。

　　『你是怎麼找到我的？』

　　「只要我想找妳，我就會找到妳。」

　　『又騙人。』我嘟著嘴，有點喘。

　　「我不會騙妳的啊。」大師笑著：「從來不會。」

　　在雜貨店門口，我猶豫了一下。室內應該要溫暖些的，但

我還沒踏進去，卻覺得裡頭寒冷的苛刻。我走了進去。這個曾經讓我以爲捨棄了我兩次的雜貨店。爲什麼我會這麼眷戀這間奇怪的雜貨店呢？

「她來了。」大師走到老先生面前。

這個時候，燒烤店裡大概正傳出「乾杯」的喊叫聲吧。老先生卻沒有入內休息，坐在板凳上面。

『老先生……』我試探地開口。

老先生抬頭看著我，雙手顫抖著。我把手借給他，好冷、好冰。我才剛才屋外進來呢，怎麼他的手比我還要冷呢？

「妹妹啊。」

我的眼淚開始脫離眼珠。沒有人這樣叫過我，老先生是第一個。不知道爲什麼，我好喜歡這樣的稱呼。卻在這個時候，讓我掉下眼淚。

『老先生。』

「妹妹妳去哪兒咧？」

我轉頭看了大師一眼：『我在這裡，哪兒都沒去啊。』

「妳也不想回來了嘿？」

大師低下頭，我看不見他的表情。也看不見自己的，因爲我的臉都是淚水。

『老先生，你趕緊進去休息啊。』我說。

老先生咳嗽的聲音就要撕裂我的心臟了。爸爸離開我之前，也會有這種咳嗽的聲音。那時候的我只覺得擔心。現在，我知道了。那就要撕裂我了，就像淚水要撕裂我的臉一樣。

「妹妹啊，師母要回來囉，俺不能走開啊。」

『你先去休息，老太太回來，我會叫你的。』

老先生咳嗽著，餅乾盒跟老先生的膝蓋撞擊，發出聲音。這個悲傷的二重唱，我一點兒也不想聽。

「妹妹啊，俺不能走啊，她會找不到俺啊。」

『老先生……』

大師拍著老先生的肩膀：「你不好好休息，怎麼有體力呢？」

『是啊，你進去休息好不好，拜託。』我哭著。

老先生捏緊我的手，我也一樣。我眼中的老先生已經模糊了，如同我記憶裡的爸爸一樣。一直以為，爸爸會鮮明地留在我的腦海中。而他的臉卻越來越模糊。我只能握緊了。只能握緊老先生的手。

「你不是說她來了你就要進去休息的嗎？」大師聲音大了起來。

「你撐不住了，誰來等啊？」

「她都來了，你為什麼這麼固執啊？」

我怪罪地看著大師。

『你不要這麼大聲。』我說。

「是這樣的啊，不看醫生，不休息。」

大師喘氣著：「不照顧自己，誰要回來啊？」

『好了啦你。』我手肘推了大師一下。

老先生面無表情，看著握著我的那隻右手。

「妹妹，妳不想回來了嘿？」

『我回來了，不會走了，老先生。』我說。

「沒關係，俺也會等妳，都等那麼久囉。」

『對不起，老先生。』

老先生艱難地站了起來，我跟大師扶著他。一點兒也不費力，這讓我很難過。那個會大聲罵人的老先生不見了。那個拿著店裡的東西亂扔的老先生不見了。唯一還在的，是那個等著老太太的老先生。

「妹妹，幫俺拿著這個。」老先生把餅乾盒交到我的手上，拍了拍我的手背。

「師母回來囉，把東西給她，說這個時鐘啊，好久不走囉。」

『好。』我咬著嘴唇，用力點頭。

「她快回來囉，記得叫俺，俺就先睡囉。」

大師扶著老先生走進房間。我在原地拿著餅乾盒，雙手顫抖。

□

「謝謝妳。」大師走出來後，給了我一個帶著歉意的微笑。

『不，應該的。』我說。

「他最近越來越固執了，直說師母快回來了。」

『老人家像孩子多一點，你別對他這麼大聲。』

「我很擔心啊。」

大師像突然抽走繩子的傀儡，撐著櫃台癱軟了下來。

「他從來沒有交給別人的。」

『嗯？』

「餅乾盒。」

我低下頭，看著自己手裡的雙喜餅乾盒。多少個日子，老先生是依存著這個堅強地過每一天呢？

『我該拿這個東西怎麼辦？』

「我也不知道。」大師聳肩：「妳肚子該餓了吧？」

『還好。』才怪了，好餓啊。

「真對不起，讓妳跑這一趟。」

『你已經說過抱歉了。』我說。

「妳也說了不少次。」

你這個討厭鬼。我知道大師想逗我開心，但是我身體的那個部分，卻悶住了。看著老先生的憔悴樣子，讓我好不習慣，也好難受。

『我們該怎麼幫忙老先生？』我問。

「怎麼幫？難道要變出個師母出來？」

『真的一點辦法都沒有了？』

「如果有辦法，我早就去做了。」

『我可以打開來看看嗎？』

大師搖頭：「先去吃點東西吧。」

『你餓了對嗎？』

「是啊，不小心養成了吃晚餐的習慣。」

『大師，我問你一個問題。』

「好。」

『我還是可以回來這裡的，對不對？』

「妳已經回來了。」大師說：「是我希望妳回來的。」

『你趕快說對。』

「說對？」

『是啊。』我點頭。

那天我問了好幾次。你就是不願意說這個字。有時候，只要一個字，就可以讓我躲開那麼多日子的難過。你卻不願意說出口。

「大滷麵？」大師走向門口。

『你爲什麼不讓我來？』

「嘴邊肉？」

我站在原地動也不動。

「沒有人可以捆綁妳的。」

大師揮手，要我出去。

他說啊。沒有人可以捆綁我的。眞的嗎？

「是啊。」大師拉下鐵門。

「我們自己捆綁自己的時候，還以爲是別人下手。」我在掌心呼了兩口氣。好冷啊。

『大師。』

大師看著我，傻楞楞地。

『你叫什麼名字？』

「蘇睿亞。」大師疑惑地看著我。

好，我原諒你。我笑了。

□

隔天我一到公司，桌上放了一個紙袋。我左右看了看，佳樺對著我搖頭。

『這是誰的？』我問。

「放在誰的桌上，就是誰的。」

『我的？』

我把包包放在椅子上，好奇地將紙袋打開。頭放滿了各種類的菸盒，每個盒子都不一樣。

『這是誰放的？』我問佳樺。

「妳說呢？」

『曾德恆？』

「當然。」

我把菸盒一個、一個拿出來看。真的每一個都不一樣。

『給我這個幹嘛？』

「妳自己問他囉。」佳樺又對我搖頭。

我坐在位置上，覺得事情有點古怪。曾德恆給我一堆菸盒幹嘛？我又不抽菸。

「昨天妳去了哪兒啦？」佳樺把椅子滑過來。

『昨天？』

糟糕，我都忘了曾德恆可能在等我。連回到家，我都只記

得老先生的餅乾盒，卻絲毫沒記起這件事。

「我們都等妳好久啊。」

『你們？』我疑惑著，『妳不是沒去嗎？』

佳樺嘆了口氣：「原本要給妳驚喜的。」

『什麼驚喜？』

「誰知道，主角沒有來，打電話也沒人接。」

『到底是什麼驚喜啊？』

佳樺用下巴指了指茶水間。我轉過頭去，曾德恆拿著保溫杯，對著走廊發呆。

『這個……』我走了過去，拿著紙袋。

「妳看見了？」

『菸盒？』

「我看妳總是拿著菸盒發呆。」曾德恆笑著。

「佳樺說妳不抽煙，妳又說沒有收集菸盒。」

「但我想，妳一定是在收集，只是不好意思說。」

「所以，我就幫妳找了各種不一樣的菸盒，很多是台灣買不到的。」我好像看看自己現在的表情，一定很好笑。

這下子我承認也不是，否認也不對了。承認的話，明明我沒收集菸盒，否認又好像很沒禮貌。

『謝謝你。』我有點尷尬。

「昨天……」

『對不起，我昨天突然不舒服。』我說謊了。

「我也這樣想，沒事就好。」

『眞對不起。』

「沒關係的，不舒服的話，就請個假吧。」

『應該沒有大礙的。』

「下次再補慶祝囉。」曾德恆笑著。

『慶祝，慶祝什麼？』

「妳的生日啊。」曾德恆訝異地：「過兩天不是妳的生日？」

『過兩天……是啊。』

「我們本來想提早幫妳慶祝的。」

『是嗎？眞對不起。』

　　我已經好久沒有過生日了。尤其爸爸離開以後。以前爸爸會帶我去祭拜媽媽，然橫買個小蛋糕給我，上頭插著很可愛的蠟燭，每年我都希望有不一樣的圖案。我們在小小的客廳裡面，把燈關上。然後我會許願。每次我都會希望爸爸工作順利，早點回家。爸爸離開以後，我就沒有過生日了。開始幾年，一到生日心裡就難過。難過自己一個人，難過沒有蛋糕。慢慢地，我就不在意這一天了。

　　長大以後才發現，幫我過生日的時候，爸爸一定很難過吧。因爲這一天，媽媽也離開了。

『謝謝你，眞不好意思。』我說。

「不要介意，下次再補慶祝就好。」曾德恆對著我笑。

　　這個笑容，讓我的罪惡感往上堆疊，越來越高。都快看不見前面的路了。

「妳喔。」佳樺還是對著我搖頭。

『怎麼？』我嘟著嘴。

「昨天究竟去哪兒了？」

『昨天老先生不舒服，所以……』

「妳不是好久都不去雜貨店了？」

『但是他身體……』

「昨天曾德恆至少打了一百通電話給妳，妳的電話是裝飾品？」

『不是，真的剛好沒電了。』我解釋著。

「妳沒看見他的表情，很落寞咧。」

『是嗎？』

我已經看不見前面的路了。內疚以及罪惡感讓我溺斃了。

「曾德恆對妳很不錯。」佳樺說。

『我感覺得出來。』我點頭。

「但是又有點不一樣。」

『什麼東西不一樣？』

「好像不是情人之間的關心。」

『我跟他又不是情侶。』我臉好燙。

「總之，我也不大會形容。」

佳樺聳肩：「下次要黃牛，先說清楚比較好。」

『對不起。』我低下頭。

佳樺拍拍我的肩膀，轉身就要走。然後突然回過頭來看著我。

「老先生還好吧？」

我搖頭：『不是很好。』

「有需要幫忙的，儘管開口。」

□

　　我為什麼都沒有想起來晚上吃飯的事呢？大概因為餅乾盒的重量超出我的負荷吧。那天的大滷麵，很安靜。也是大師第一次請我吃飯。喔不，是吃麵。

　　我一直壓抑著自己想打開餅乾盒的念頭。它就放在桌上，最明顯的位置。在麵店的燈光之下，更是明亮得刺眼。這裡面究竟有什麼東西呢？我不停想著。

　　大師搶著付賬之後，我原本期待他會要我去他那裡坐坐的。但是沒有。我也沒有失望的感覺，只是替包裡的菸盒難過。它會不會回不去了？就好像老太太也回不去雜貨店一樣？我可以體會老先生的悲傷，但是我更能體會老太太的難過。因為有一度我也以為自己回不去雜貨店了。老太太離開之前，會因為這件事而難過地吃不下飯嗎？

□

　　下班之後，我會匆忙跑去雜貨店。老先生等我到了以後，就會走進屋內。我還是抱著那個餅乾盒。好幾次想還回老先生手裡，幾乎每次都是。老先生卻好像忘了這個餅乾盒一樣。

　　我還沒有打開來看。裡面的東西，重量可能不是我可以承

受的。

「妳就打開來看啊！」大師說。

『我很想，但是又有點害怕。』

「爲什麼害怕？」大師看著我。

『我怕那種無法改變的事。例如離開，例如等待。』

「老先生信任妳，妳也該信任自己。」

『大師，我們眞的什麼也無法改變嗎？』大師嘆了一口氣，搖頭。

「如果連悲傷都可以改變，這個世界就沒有值得珍惜的東西了。」

『可是我只想讓老先生開心一點。』

「他很開心。」大師堅定地說著。

『我感覺不出來。』

大師走出櫃台，在老先生的板凳上坐了下來。

「妳來了，他就很開心了，非常開心。」

『都是你不讓我來，才讓老先生心情不好。』

「讓我再自我介紹一次……」

『好了好了，』我嘟著嘴：『我已經原諒你了。』

我看著餅乾盒發愣。大師走到我的旁邊，低下頭跟我一起看著。

「我們一起打開來吧，這樣就不會讓妳一個人承受了。」

我看著大師，猶豫了好久。大師沒有催促我，只跟我對望著。

『好。』我下定決心。

「等一下。」大師笑了。

『我好不容易才決定的。』我嘟著嘴。

「先來個橘子水吧。」大師笑開了。

「好久沒有跟妳乾杯了，如歌。」

我不是如歌。但是我聽到大師這麼說，卻很開心。好像又聽見大師唱的歌了。好聽。

□

我又聽見老先生的嘆息了。餅乾盒打開，有一個天使飛出來。應該就是老先生口中的師母吧。師母沒有真的出現，但我看見了師母存在的千真萬確。

時鐘的發條。磨了一半的墨條。一個灰色領巾。一疊捲起來的宣紙。一只戒指。

我也看見了大師的眼淚。為什麼哭了呢？我第一次看見大師哭。男孩子在女生面前哭泣，一定要有很大的勇氣吧。或者，要有揮之不去的悲傷。是哪一個呢？

□

「不行，我真的辦不到。」大師搖頭。

『你是大師，怎麼會有辦不到的事？』

「我是大師，不是神。」大師說。

『不管，只有你有機會，你一定要辦到。』

「這樣做真的沒問題嗎？」大師遲疑著。

『這是我可以想到唯一的方法了，拜託。』

大師點點頭，對著我笑了。但眼眶還是紅紅的。我接過雜貨店的鑰匙，好重。這可是一輩子的陪伴，以及一個人的等待。難怪，以我這個年紀，是很難提得動的。

□

週六，我一早就去雜貨店開門。已經很早了，大師卻已經蹲在門口的人行道上。

「妳試著自己打開看看。」大師說。

我看著灰色的鐵門，點點頭。鑰匙孔有點生鏽了，我費了好大的功夫才轉開它。鐵門更是重得差點把我壓垮，所幸大師在一旁幫了我一把。門收到最上頭去，發出了「砰」的一聲。我的眼睛又眨了一下。

老先生出來以後，坐在板凳上面發呆。一如往常。我走到老先生面前，蹲了下去，握著他的手。

『老先生，我們去看醫生好嗎？』我說。

「不去，俺不能走。」老先生一邊咳嗽，一邊搖頭。

『老先生，看醫生才會康復，師母才會開心。』

大師走了過來，按摩著老先生的肩膀。

「走吧，不看醫生，不會好的。」

『是啊，我會讓師母去醫院找你的。』

「她會來找俺嘜？」吳老先生看著我。

『會的。』

我堅定地點頭。大師給我一個讚許的眼神。這麼多天以來，老先生始終不願意去看病。也一直認為師母就要回來了。老先生穿上外套後，捏了捏我的手。

「要叫她來找俺啊。」老先生說。

『會的。』

我看著老先生離開後的板凳。大師說，那是失望的人才能坐的。每一個失望的人，都因為心裡還有那麼一絲希望。希望這首歌，唱走音了，就會讓人失望了。我卻努力改變它，即使機會很渺茫。

□

大師陪著老先生去看病，我一個人顧店。還好之前有點經驗，否則我肯定要手忙腳亂了。

「我已經要物流別來了。」大師離開前這麼跟我說。

『物流是什麼？』

「就是會有人來補貨。」

『怎麼上次都沒見到？』我很疑惑。

「因為上次我也打了電話過去了。」

也因此，那一天我才會無風無雨安然度過。竟然還嫌無聊呢我。大致準備妥當之後，我在心底暗暗祈禱。希望老先生會開心，希望老先生可以快樂。

大師帶著老先生出現在雜貨店門口，我的心跳有點誇張。

我把絲巾圍在脖子上，牆上的時鐘也滴答滴答著。大師朝我使了個眼色，我把宣紙攤開。用了一半的墨條，透過我的手，在硯台上面畫著圓圈。老先生走了進來，看了我一眼，又看了牆上的時鐘。戒指我沒有戴上，因為這種東西，我怎麼都不敢戴上。我不是真的師母，這個戒指，永遠只屬於師母。

我只是扮演一天的老太太。希望讓老先生開心的那個師母。不是他真正等待的師母。

老先生沒有說話，逕自走回板凳上面，坐了下來。不需要大師的攙扶。大師走了過去，把小桌子拿出來，打開。從櫃台上拿了宣紙以及毛筆過去，用紙鎮押著捲曲了不知道多少年的宣紙，老先生只是看著大師的動作，什麼也沒說。我一邊偷望著老先生以及大師，手也沒有停著。墨條在硯台上畫著圓圈，好像畫著當年的所有畫面一樣。

老時鐘敲了三下。老先生咳了幾聲，轉過頭面對著我。

「可以啦，拿過來喔。」這聲音，是我剛認識的老先生。

還多了一點柔軟。我把盛滿了墨汁的硯台拿過去，老先生看著我，笑了。

「給俺把筆拿去洗囉，乾掉啦。」

大師把筆接過去，往屋子裡面走。我的心跳還是很快，這樣做不知道對不對。但是，我只有一次選擇的機會，我決定這麼做。我知道，我再沒有多少時間可以選擇了。

我不想，我一點都不想到了之後，我會為了沒有這麼做而後悔。時鐘的發條，是我上的。還好這個堅強的時鐘，陪著老

先生等待了這麼多年。沒有後悔過。如同這些年來的雙喜餅乾盒、板凳。還有這個落伍的雜貨店。

老先生接過筆，在宣紙上面揮毫。大師寫毛筆字的時候，應該也是這麼專注吧。寫完了一張，大師看了我一眼，我知道我該走過去了。

「今天的墨水剛剛好。」老先生點頭。

『寫得更好。』我說。

老先生愣了一下，咯咯咯地笑了起來。

宣紙全部都寫滿了老先生的字，真的很漂亮。櫃台上面都是宣紙，好像到了另外一個世界一樣。我知道了，這個就是老先生等待的世界。寫完了最後一張，老先生站了起來。

「吃飯囉，妳要吃啥？俺去買。」老先生說。

『不了，我去買吧。』我說。

「那咋成咧？妳好不容易回來啦。」

大師走了過來：「我去買吧。」

說完，對我點點頭，就走出去了。

「那小子，成天想望外頭去。」老先生搖頭。

我笑了，發自內心地笑了。

「妳這幾天去了哪兒玩啦，又跟那些朋友是吧？」

我不知道該怎麼回答，只好用力點頭。

「俺晚上沒跟妳吃飯，就覺得不大對勁咧。」

說完，老先生又咳嗽了，我趕緊拍拍他的背。

「沒事、沒事。」老先生看著我：「下次別去那麼久囉。」

『不會啦。』老先生模糊了，在我的眼中。

　　但我知道，老太太變得清楚了，在老先生眼中。大師拿著飯菜回來，我們進入房裡，圍在小桌子吃飯。我夾了菜給老先生，老先生還愕然看著我。

　　「小孩子在這裡，多不好意思囉。」老先生斜眼看著我。

　　大師哈哈大笑，也在我碗裡夾了點菜。

　　「那個妹妹今天沒有來喔？」老先生看著大師。

　　我有點尷尬，大師則像沒事一樣，聳肩說著：「加班吧。」

　　「最近有個妹妹都會來，好可愛哩。」

　　老先生說完，我的臉好燙。不知道為什麼，扮演著老太太而沒被拆穿的我，有點想哭。

　　「她喔，跟妳年輕時候像得！」

　　『真的嗎？』我笑著。

　　「誰要妳出去那麼多天，改天妳碰了她，一定很歡喜。」

　　『嗯。』我點頭。

　　吃完晚餐之後，我拿著板凳，又替時鐘上了發條。老先生看完我上發條後，才點點頭，滿足地笑著。

　　「俺要去睡覺囉。」老先生說。

　　「妳回來了，俺就放心多了。」

　　『快去吧。』我笑著哭，哭著笑。

　　「俺好像一天沒見妳，就過了大半輩子去了。」

　　『去休息吧。』我說。

　　「妳把紙掛起來，俺之後拿去給學生去。」

『好，好。』

老先生轉身往裡面走，還把手舉起來，背對著我揮了揮。

『晚安，老先生。』我小聲地。

大師走到我的身邊，摸摸我的頭。今天，老先生應該會有個好夢。我們都是。歡迎回來，師母。歡迎回來，老先生。

□

大師看著我收起所有關於師母的東西。這一次我沒有看見大師的眼淚，不如剛打開餅乾盒時候。那種澎湃悸動，實在不應該出現在大師身上。我知道這有點任性，但結局果然是快樂的歌。會有假裝成師母的想法，也因為大師的那一句話。

「怎麼幫？難道要變出個師母出來？」

老先生一定知道，師母其實沒有回來吧。雖然他始終把我當成真正的師母，但不知為何，從老先生眼中，我看出一種失落。一種追逐到了盡頭，筋疲力竭的頹喪。那為什麼他不願意拆穿我呢？

我甚至在想，老先生或許沒有老年癡呆。他一定比誰都清楚，只是等著一種方式。等著一種真正告別師母的方式吧。這是一種永遠無法預先做好準備的，我想，老先生當時一定也是。他一定也沒準備好要跟師母告別，所以等待著所有機會。

只為了一句再見。或者是最後那一句晚安。有些時候，我們真的就為了這樣的對白努力了大半輩子。即使知道這樣的徒勞無功是永恆的。我跟爸爸也是啊。爸爸離開的時候，我好像

也忘記跟他說再見了。

□

「謝謝妳。」

大師把鐵門拉下之後，背對著我。我不知道這一次大師說話爲何不看著我，但我也澎湃著。

『沒什麼的。』我說。

「妳猜，二十年後我們會如何看待今天的事？」

『二十年後？』

來了一陣風，把我的頭髮吹到臉上。這陣風二十年後，會吹到什麼地方去呢？會不會剛好又在我的臉上撫摸著。

「他一定好開心、好開心。對嗎？」大師說。

『我不知道，但我是這麼希望的。』我說。

「我以爲他會發脾氣的，他最近情緒非常不穩定。」

『我也這麼覺得。』

「如果，」大師回過頭：「如果早幾年遇到妳，不知道多好？」

『早幾年遇到我會如何呢？』

大師搖頭：「沒有人會知道。」

『我猜，』我說：『你一定會拚命往外跑吧。』

「才不會咧。」大師歪著頭。

『這是老先生跟我說的。』我笑了。

怎麼這個笑，卻讓我開心不起來呢？笑容被困在枷鎖裡

頭，也就從心情變成了表情了。我轉過頭，走下人行道。一個不小心高跟鞋絆住了，我差點跌跤。我「哎喲」了一聲，好糗。

「跌倒了，爬起來再哭。」大師說。

『我沒有跌倒。』我說。

這是第一次遇見大師，他跟我說的話。隔著幾步的距離，我看著在自己海岸線的大師。眼淚又不停地掉著。爲什麼，爲什麼我總會在大師面前掉眼淚？這個時候我才發覺，發現這個雜貨店之前，我已經好久沒哭了。差點兒都要忘了哭泣該怎麼做了。是這個雜貨店的魔力嗎？既然總會讓我哭，爲何我又這麼喜歡到這裡來？

「別哭了。」大師說。

『我不是哭，我是難過。』我倔強地。

「我們都應該開心。」

『爲什麼？』

「因爲老先生等到了師母了。」大師說。

『可是，那是假的，那是我假裝的。』

「對我們來說是假的。」大師看著我。

「對老先生來說，是眞的，那就足夠了。」

『師母會不會怪我們？』

「不會的，因爲對師母來說……」

這一切也都是眞的。大師說完，就往前走，方向不是車站，而是他的住處。我不由自主跟著他，一步接著一步。這一

切都是眞的。

□

大師打開一樓的門，回頭看著我。

『怎麼了？』我好奇。

「妳今天很累了。」

『是。』我點頭。

「上來吧。」

『嗯。』

我準備往上走，大師卻擋住我的去路。

我狐疑地看著大師：『不是要上去嗎？』

「我是說，上來吧。」大師拍拍自己的肩膀。

『上去？』我訝異地。

「是啊，上來吧。」

『好。』

我跳到大師的背上，隨著他因爲呼吸而起伏。上來吧，如歌。我好像聽見了大師這麼說，又好像是我的錯覺。眞的也好，錯覺也好，都好美。

『到了。』我說。

「嗯。」大師氣喘吁吁，我有點抱歉。

我一如往常在書桌前的椅子上坐著，大師還在地板上。我看著左手邊的書櫃，嘆了一口氣。

『大師，爲何我從來沒有看過你抽菸？』

「我？」大師順著我的眼光：「我沒說過我會抽菸。」

『那這麼多菸盒要做什麼？』

「只是為了填補空間而已。」

『是嗎？』

知道大師不抽菸後，我的心情愉悅了許多。

『那為什麼要用菸盒填補空間？』

「也沒有為什麼，碰巧而已。」

『怎麼碰的才會拿到這麼多菸盒？』

「四壁春煙無燕到，一窗雲影有龍飛。」

『又是沒什麼意思。』

「猜對了！」大師開心地。

『你為什麼每次都不好好回答我？』

大師站了起來，靠近窗戶把窗簾拉開。

「因為這樣妳會多想一下。」

『我想了好多下了，真吃虧。』我說。

「這樣更好。」大師回過頭看著我。

『耍我很好玩嗎？』我生氣了。

「我絕對不是耍妳。」大師正經地。

「我是為了在妳心裡多留下幾秒鐘而已。」

我「嗯」了一聲。

『好噁心喔你。』我說。

「抱歉、抱歉，我開玩笑的。」

「我只是想不到答案，充充數。」

『大師，我要走了。』我說。

大師點點頭：「時候晚了。」

『但是我想拜託你一件事。』

「什麼？」

『你先答應我，好不好？』

「我不保證一定做得到，我又不想失信於妳。」

『所以你的意思是？』

「我不能先答應妳。」

我轉回頭，看著拉開窗簾的窗外。對面的建築物灰灰的，
看起來很沒元氣。尤其在深夜，更是充滿了追悼。

「妳的要求是？」大師問著。

『沒什麼。』我沒回頭，聳著肩。

「妳可以先說看看。」

『沒關係的，我也不是很堅持。』我說。

「說來聽聽。」

我轉回頭：『大師，你好奇嗎？』

「我不好奇。」大師笑著：「我只想盡力辦到而已。」

是嗎？原本想賭氣的我，聽到他這麼說，突然就放開心胸
了。

『大師，你教我唱歌好不好？』我說。

「妳已經差不多都學會了吧。」大師笑著。

『為什麼你會唱這些歌呢？』我問。

「我只會唱一首歌而已。」大師說。

『可是你唱了好多首咧！』我驚訝地。

「因爲啊，」大師看著窗外：「這些都只是一首歌而已。」

「所有的旋律串起來，不過就是一首歌。」

『好聽。』我笑著。

「妳要不要唱給我聽聽看？」

『我一個人唱嗎？』我指著自己。

大師點點頭。這些旋律串起來，只是一首歌。一首我們必須邊走邊唱的歌。每個人都有自己的一首歌，在這樣短短的人生當中。一邊走、一邊唱。唱到最後一個音停止了，過程也許走音了，也許接不上氣。但我們要唱到最後。看看陪著我們唱歌的人，會不會熱情地鼓掌。或者他會告訴妳：

「不用唱了。」

第八首歌　**假扮**

　　裝作我看不見你的背影，
　　假扮你等著的那個表情。
　　我不要你給我的，我給你的不是真的。
　　我們都在這場戲裡，各自美麗。

　　就好像一首歌一樣。那一天晚上，我好開心、好開心。我把大師教我的歌唱了一次又一次，大師替我鼓掌。接著，我們一起合唱，當然不是很熱烈的那種。所以不至於影響其他房客。是很悠閒輕鬆的那種，在大師的房間內沒有浪花。所以我一點都不害怕，很安心。

　　幾年前的我，或許沒有想過這輩子會這麼做。在一個男子的房間內歌唱，也因此歡欣鼓舞。沒想過我會假扮成另外一個女子，只爲了一個老人的笑顏。那使我確實感受到自己存在的意義。我知道了，大師說的二十年後，我必定會爲了這一秒鐘繼續歌唱，因爲我存在著。爲了吳老先生的笑容存在、爲了師母的歸來而存在──即使那是假的、我爲了這首歌存在。如果這一天可以被我遺忘，那我就可以忘記所有東西。快樂的、痛苦的、滿足的、悲傷的、驚喜的。然而我知道我不會忘記。於是這些情緒將我層層累積，也就在這一秒鐘成就了未來的我。

　　那天清晨我離開大師的房間。大師送我坐上 Taxi，並且謹慎地記下車牌號碼。

　　『再見，大師。』我滿足地。

　　「再見了，如歌。」大師低下頭，對著車窗內的我。

　　『我今天很滿足，很感動。』

　　「因爲妳就像首歌一樣，記得嗎？」

　　我點點頭。然後車子就往前走了，不是我控制的。每個人都一樣，就往前走了。

□

　　應該是太過疲憊，或者精神壓力有些超出負荷。擔心老先生會生氣或者發火，才是我最在意的部分。也因此，鬆懈下來的我，有些不舒服。本來還打算休息一下，就去雜貨店的。但我真的起不了身，在床上昏昏沉沉，彷彿自己脫離了世界。又或者是世界脫離了我，誰能夠知道呢？

　　後來我想了想，可能是老先生身上的感冒壞蛋跑到我身上。這麼想了之後，我開心了許多。如果老先生因此康復了，那讓我承擔這樣的痛苦，值得。只是我沒料到，這波流行性感冒這麼強烈。等我睜開眼睛，已經超過上班時間了。

　　『佳樺。』

　　我艱難地撥出電話，透過話筒，聲音都讓我嚇了一跳。

　　「千雅，妳在哪裡？」

　　『家裡。』天啊，這是我的聲音？

　　「妳生病了？」

　　『嗯。』我點頭，可是佳樺不會看見。

　　「還在嗎？」

　　『還在。』

　　「要我幫妳請假嗎？」

　　『謝謝。』

　　之後佳樺說了一些關心的話，我很努力聽個仔細。但我掛上電話，什麼都忘了。我只想讓自己的腦袋輕一點，這樣的重

量讓我想吐。如果老先生康復了，都沒關係。我這樣想著。

□

等我從感冒壞蛋的蜘蛛網中掙脫，接起電話，已經不知道幾點了。電話響了多久我也沒把握。

「千雅，身體還好嗎？」佳樺的聲音。

『身體是誰？』我迷迷糊糊的。

「我是說，妳的身體還好嗎？」

『噢，』我真抱歉：『還可以。』

「可以走動嗎？」佳樺聲音傳遞了溫暖以及關心。

我睜開眼睛，看著不見五指的房間。

『應該可以。』

「那開門。」

佳樺買了碗粥給我，手放在我的額頭上。

「發燒了，先吃點東西，然後吃止痛藥。」

『我不要吃藥。』我搖頭，頭差點飛出去。

「不行，不吃我打妳屁股。」

不知道為什麼，躺在床上全身無力的我，很想惡作劇。

『妳打吧。』我拍著大腿。

「看來妳已經燒壞腦袋了，要打針才會好。」佳樺說。

『我不要！』我啞吼著。

「那就乖乖吃藥吧。」佳樺摸摸我的頭。

熱呼呼的稀飯讓我的喉嚨舒服多了，但頭暈目眩仍舊沒有

改善。我吞了一顆止痛藥，然後癱在床上。

『佳樺，謝謝妳。』

「妳真是的，笨蛋才會這個時候感冒。」

『佳樺，等我感冒好了，唱歌給妳聽。』我說。

「唱歌？我才不要聽咧，怕作惡夢。」

『妳好壞喔。』我笑著。

「休息吧，有事隨時打電話給我。」

佳樺往門口走，我艱難地揮手，卻無法起身送她。

「對了。」佳樺回過頭。

『門關上就好。』我說。

「那個粥……」

『嗯？』

「粥是曾德恆買的。」

『是嗎？』

「我只是覺得告訴妳比較好。」

『謝謝妳。』

我閉上眼睛。門有沒有關上，佳樺走了沒有，我都不知道。腦中只有歌的旋律，一次又一次。如果感冒的熱力像尖叫嘶吼的日正當中。這個旋律就像和煦平靜的夕陽。沒有停止過。

□

回到正常的軌道中，陽光有點陌生。我的身體還不是完全

打倒病魔，但我已經可以出門了。一回到公司，佳樺馬上跑來關心我。連一些平常不是很有交集的同事，也來找我說話。大概都是詢問我的身體狀況之類的，挺窩心。

「這個是早餐。」佳樺放了一袋東西在我面前。

『妳好貼心。』我開心地。

「不是我準備的。」

我轉過頭，曾德恆在我背後。

『謝謝你。』我點頭。

「好多了嗎？」他笑著。

『嗯，好多了。』

其實聽我的聲音也知道，還差得遠了。

「那天本來要去看妳的，只是怕太唐突打擾。」

『是嗎？』我訝異地：『真不好意思。』

「不會，妳沒事就好了。」

後來佳樺偷偷告訴我，那天她是跟著曾德恆一起去的。曾德恆就在門外。我相當吃驚，卻又感到很不好意思。

『還好妳沒讓他進來。』

「怕看到妳的病容？」佳樺笑著。

『是我房間太亂了啦。』我不好意思地。

「妳真的可以上班了嗎？」佳樺皺著眉頭。

『沒事了，真的。』

中午我還想出去吃飯，佳樺卻制止了我。

「我買給妳吃吧，妳在這裡休息。」

『可是這樣我會悶壞了。』

「妳出去會傳染給別人的。」

「是啊。」曾德恆出現在我的背後：「我們幫妳買。」

『這太不好意思了。』我搖頭。

「怎麼會呢？互相關心是應該的。」

是嗎？互相關心。可是我好像都沒怎麼關心其他人。

「就當報答妳陪我療癒情傷吧。」佳樺偷笑著。

『佳樺，妳可不可以幫我一個忙？』我抬起頭。

「好啊。」佳樺笑著。

『幫我繞去雜貨店看看。』我說。

「看看？」佳樺疑惑地：「看什麼？」

『看老先生好點了沒。』

「老先生還不舒服嗎？」

我搖搖頭，其實我也不知道。

　　一個人待在公司，實在很無聊。但是佳樺說的很對，我出去用餐，有可能傳染給其他人。我在抽屜翻找了許久，總算找到之前買的口罩。因為圖案是一個黃色的大熊，所以先前都不好意思拿出來使用。但是傳給佳樺也不好。我戴上口罩，對著桌子發呆。

　　原來等一個人回來是這樣的感覺。而我知道佳樺一定會回來，所以我只是等待。單純地等待。如果等待的人不會回來呢？我還會坐在這裡，像老先生一樣嗎？我想應該不會。我會去尋找，或者放棄。

「放飯囉。」佳樺的聲音傳來，我開心地回過頭。

『妳回來了！』透過口罩，我的聲音灰濛濛的。

「七十五塊，曾德恆付錢的。」

『噢，』我拿出皮包：『他呢？』

「他去吃飯啦。」佳樺放下我的中餐。

『不，我是說大師還有吳老先生。』

「不知道。」

佳樺在自己位置坐了下來。

『妳沒去喔？』我打開塑膠袋，嘟著嘴看著黃牛的佳樺。

「去了。」佳樺拿出飲料。

『那……』

「雜貨店門關著。」

『門關著？』

「先吃吧。」

□

　　我看著被灰色鐵門隔絕的雜貨店，突然覺得不踏實。裡面的世界究竟是千真萬確，或者是好夢一場？好簡單啊，這個世界。一道灰色的鐵門就可以崩壞或者建立。那麼裡面的那個世界如何了呢？吳老先生是否已經不坐在板凳上，大師離開櫃台？或是因為我這個假師母的出現，毀壞了它原先的存在？是我破壞了這個軌道嗎？

　　雜貨店陌生了。我隨口哼唱著大師教我的歌。隨著自己聲

音輕飄飄地送到耳邊，帶著從口中呼出的白霧。聲音就隨著白霧消散了。我真的好想知道。我想知道，那個雙喜餅乾盒，放在哪兒了？

□

「怎麼發愣了？」曾德恆問我。

我搖搖頭，原來我沒有把歌唱出來。

『沒事兒，天氣真冷。』我說。

「妳得多休息，洗個熱水澡放鬆一下。」

『我會的。』

「是了，妳剛剛好像看著那間雜貨店……」

『嗯？』我轉頭看著曾德恆。

「沒有，沒什麼。」

『嗯。』

曾德恆陪我回家，我拒絕了兩千次，卻徒勞無功。他擔心我路身體不適，天知道我其實已經痊癒了。只有聲音還帶著一點沙啞。我想我剛剛一定是看得出神了，所以忘了自己在哪裡。也忘了曾德恆在我的身旁。對於他的貼心以及關懷，我深感抱歉。我其實不是這麼值得被關照的。但我心裡仍舊開心著，對於先前朝思暮想的墜落。

『我還是很開心的。』我告訴自己。

那天晚上，我睡不著。不是因為身體的不適，而是因為迫切想知道大師以及老先生的狀況。我坐在床上，依著從窗外透

進來路燈的微弱照明。我看著這個世界，一邊想著這個世界是否也正看著我。對我說：「馬千雅，沒事的。」

然後我拿出曾德恆送我的一紙袋菸盒，一個、一個拿出來看。有的寫了英文、有的寫日文、有的是我不懂的文字。在皮包裡翻找了許久，才找出黑色簽字筆。每個菸盒上面，我都寫滿了字。真正寫著什麼，我也不完全明白。就像沒有目的地的末班車一樣，誰會上車不重要。只要往前開就好了，我也只要寫下東西就可以了。

明天雜貨店開門，我要直接拿給大師。全部。啊！明天會開門吧？應該會吧。

□

「好點了沒？」佳樺托著下巴問我。

『健康一百分。』我笑著。

「那就好。」佳樺嘆了一口氣。

『怎麼了？』我看著佳樺。

「這幾天妳不舒服，我跟曾德恆聊了很多。」

『聊了些什麼？』

佳樺又嘆了一口氣。

『幹嘛，一直嘆氣好像很不妙。』

「我也不知道該怎麼說。」

『該不會妳喜歡上他吧？』我笑著。

我當然要笑，因為這是好事。即使佳樺很清楚我所渴望的

墜落，但那不是絕對。

「妳想哪裡去了，拜託。」佳樺沒好氣地看著我。

『那是怎麼了？』

「我發覺他眞的關心妳。」

『我感覺的出來。』

「但又少了情侶的那種曖昧。」

『曖昧？』我疑惑著：『因爲我跟他不是情侶啊。』

「總之，妳不覺得他比較像妳哥哥之類的嗎？」

『的確很像。』我笑著：『那也不至於這麼讓妳苦惱吧。』

「唰，妳不是喜歡他嗎？」

『應該吧。』我還是喜歡曾德恆的穩重。

「這樣妳不覺得很失落？」

『還好。』我說。

我也慢慢發現，我喜歡的是曾德恆的某個部分。而如果要墜落，就必須不單只喜歡對方的一部分。而是願意抱著對方一起往下跳。

□

沒開。我好想在雜貨店門口大喊「芝麻開門」。我有點後悔沒有留下大師的聯絡方式。我把手提袋裡面的菸盒，一個、一個塞進投信孔裡。全部都放進去。透過鐵門，我可以聽見菸盒掉落地面，「咚」的一聲。菸盒墜落了，我笑著。

「菸盒啊。」我說。

「你是想抱著誰一起墜落呢？」

我知道我不會再來了。我害怕這種不告而別帶來的侵蝕感。好像爸爸突然離開我，小舅媽把我趕出來。只不過睡了一覺，大家都走了。

『再見。』我說，其實有點生氣。

『除非你要我回來，知道嗎？』

不斷對著雜貨店說話，說著說著，我的眼淚都要掉下來了。這個世界在這一秒鐘，會怎麼樣形容我的行為？它還在看著我嗎？

□

我走到大師住處，等了好久又遇到上次那個幫我開門的先生。我跟在他後面，躡手躡腳地走進去。

「小姐。」

『我是五樓的房客的朋友。』我說。

「我知道，」他笑著：「下次妳直接按電鈴，就會開門了。」

『可是我不知道他在不在。』我嘟著嘴。

「沒關係，隨便按一個樓層，門都會開。」

『真的嗎？』我瞪大了眼睛。

「是真的，這個電鈴就是這樣。」

那個先生說完，啪嗒啪嗒就往樓上走。我跟不上他的速度，也不想這麼匆忙。到了大師住的套房門口，我敲了一會兒

的門。卻沒有任何動靜。

『大師？』我試著輕聲呼喊。

『有沒有人在？』

『蘇睿亞？』

啊，大師被抓走了。被FBI抓去研究他荒謬的腦袋，以及孫子兵法的奧妙。我等了好久，在樓下等，在樓上也等。在雜貨店外面等，回到家也在等。我們一輩子都在等待別人，也在等待那個會等待自己的人。我只想知道吳老先生是否身體好多了。只想知道吳老先生是不是生氣師母隔天又消失了。如果可以，我願意每天都扮演師母。但是為什麼雜貨店不開了？為什麼這裡沒有人開門了？

□

「千雅，晚上要一起吃飯嗎？」

下班之前，曾德恆拿著保溫杯在茶水間問我。我點點頭，算是答應了。

「妳最近似乎心情不是很好。」

『會嗎？』我驚訝地。

「嗯，看不見妳的笑容。」他說。

「妳笑起來很好看的。」

『哪有。』我臉紅了。

「妳會覺得我這樣約妳讓妳很不自在嗎？」

我搖頭：『怎麼會呢？』

「那就好。」

我以為應該是火鍋、燒烤之類的。畢竟冬天比較冷，吃這樣的晚餐讓人感覺溫暖多了。曾德恆帶我去買了兩個便當，然後在街上四處晃啊晃。

『我們要去哪裡吃？』我跟著他身後，不解地問著。

「快到了。」

方向是回公司，我覺得很疑惑。最後，我們在雜貨店那條街停了下來。

「到了。」曾德恆回過頭。

『這裡？』我懷疑地。

「雖然會冷一些，但我們就在這裡吃。」

曾德恆指著雜貨店對街的便利商店。門口有一張長椅，上面還有兩罐喝剩的飲料。曾德恆把飲料收走，扔進便利商店裡頭的垃圾桶。

我坐在椅子上，看著曾德恆的動作。

『為什麼在這裡吃？』

「我想，妳總是習慣在這裡駐足，我來陪妳。」

『這樣嗎？』

我雖然疑惑，但我從不懂如何表達自己的拒絕。其實，我已經決定不要回來這裡看了。已經好多天了。但我終於還是選擇不要說。就像接到曾德恆送我的菸盒一樣，不想破壞人家的好意。

我無聊地撥弄飯粒，曾德恆卻津津有味的吃著便當。

「怎麼不吃呢？」他嘴裡塞著一口雞腿問我。

『有點沒胃口。』我說。

「太冷了？」說著，他就脫下了自己身上的外套。

『不，不是這樣。』我制止。

「那……口渴了嗎？」

他在自己的公事包裡翻找著，過了好一會兒，拿出一個紙袋。

「給妳。」

我還以為他又要去便利商店買飲料給我喝，正想制止他的。我看著紙袋，搖頭。

『我不口渴。』我說。

「妳先打開看看嘛。」

曾德恆的表情，像極了等待孩子打開襪子的聖誕老公公。我點點頭，打開紙袋。

『這個？』

我拿出橘子水，一整包的橘子水。

「妳跟我說過，妳喜歡這個東西。」

『你記得？』我心裡很溫暖，即使外面很冷。

「是啊，所以我找了很久，終於讓我找到。」

看著曾德恆開心的樣子，我知道我該做一點表示。

『謝謝你，我好感動。』我發自內心。

「不會的，妳開心我也很開心。」

曾德恆啊，你知道嗎？我自己也可以買一整包，兩包，三

包。但是我還是喜歡拿一塊錢去買。我把便當放在旁邊的椅子上，拆開那一大包的橘子水。咬了一個尖口，我讓這個懷念的味道逗癢我的舌尖。左手拿著橘子水，我的右手伸進我的皮包裡。緊緊捏著爸爸留給我的一塊錢硬幣。

「好喝嗎？」曾德恆問我。

『好喝。』我點頭：『你也要來一個嗎？』

「不了，妳喝吧。」

我點點頭，又打開另外一條。

「記得要吃東西啊。」曾德恆叮嚀著，然後回頭看著雜貨店。

「我幫妳看，看那雜貨店什麼時候會開。」

我看著他的動作，心裡好暖和，鼻子卻酸酸的。

『謝謝你，你對我真好。』我說。

「應該的，不要跟我客氣。」

『你怎麼知道我……』

「妳說雜貨店嗎？」

我點頭。

「之前下班的時候，我看見妳在雜貨店門口。」他說。

「我不知道雜貨店對妳而言代表什麼，但我知道妳不快樂。」

「所以我想，如果可以讓妳快樂一點，那就好了。」

「雜貨店對妳來說，很重要，是嗎？」

我緊緊捏著硬幣。雖然曾德恆在我身邊，我卻覺得孤獨。

那是一種沒有人可以了解的存在。

□

曾德恆送我到車站之後，我向他道謝。

「不要客氣了，記得，」他雙手的食指與拇指拉著嘴角。

「笑一個。」

『我會的。』我笑了。

我走進捷運站，然後停下腳步，看著曾德恆離開。那種偷偷摸摸的感覺好像偵探，不像小偷。確定他已經離開以後，我走出來，看著人來人往。我突然好想唱大師教我的歌。好像若不這麼做，這一天就無法收尾。這樣的動作肯定很怪，我坐在階梯上，準備回家的人們從我身邊經過，或許正想著，這女人怎麼這麼可憐之類的。我很在意別人對我的眼光，但我也在意自己的決定。我哼著歌，輕輕柔柔，除了我不會有別人聽見的音量。

**如果歌聲有翅膀，那就飛走吧。**

**如果不知道該往哪裡飛，那就留在我這裡啊。**

我只是想確定自己是不是還在流浪。路人經過我身邊的時候，其實不是很多人會往這裡看。也許這個城市習慣了冷漠，也習慣了自己往前走。我選擇坐下。好幾天沒有唱了，我發現我忘了一些歌詞。

『大師，我忘詞了，怎麼辦？』我自言自語著。

『不過你放心，我還記得旋律。』

會有一、兩個人往我這裡看一眼的。但我還是唱著，我記得的那些歌詞。

**如果我也有翅膀，我該往哪裡飛啊？**
**如果不能留在這裡，是不是代表流浪？**

唱著唱著，經過的人也越來越少了。我站了起來，拍拍自己的裙子。這一天以這個模樣做結尾，也很拉風。我笑了，也哭了。像這樣笑著哭、哭著笑，其實只是想證明自己過得很好。如果不小心唱走音了，我知道這樣的歌曲我不會忘記。有一天它會變成流行歌曲，流行在每個被捨棄的人心裡。

「如歌。」大師笑著看我：「真好聽。」

『大師，你來啦。』我笑著。

「妳等很久了嗎？」

我搖頭：『我沒有等，我只是在這裡坐著。』

「妳等很久了嗎？」

『好巧，你也在這裡。』我說。

然後哭了。

「不是湊巧，我已經看著妳很久了。」

『騙人。』

怎麼可能。我好想問大師，怎麼不見了這麼多天？雜貨店怎麼不開門了，老先生不會生氣嗎？但我只能說些其他的。好像其他的比較重要似的。

「我已經看著妳好久了，眞的。」

『你每次都亂說。』我嘟著嘴。

「先別哭啊，我是說眞的。」

『我沒有哭啊。』

我當然沒有哭。這樣的表情，是笑。大師你怎麼變笨了？

□

「我看著妳在超商門口吃飯。」

「我看著妳跟妳的墜落說話。」

「我看著妳便當沒吃完。」

「看著妳不回家在這裡當街頭藝人。」

我嘟著嘴：『我不是街頭藝人。』

「只有我欣賞妳的歌聲啊，哈。」大師笑著。

『你怎麼不來跟我說話？』

「我不想打擾妳啊。」

『我有好多話想問你。』

「我也有好多話想跟妳說。」

『你這樣偷偷跑出來，會嚇到我。』

「我知道，這樣妳才會記得我啊。」

『你好噁心。』我說。

「抱歉、抱歉，我隨口說說的。」

我好生氣，差點要踢大師一腳。大師看著我，肩頭一鬆，嘆了一口氣。

「如歌，妳有哭嗎？」

『哭什麼？』我嘟著嘴，睫毛還是溼的。

「妳現在一定很幸福。」大師說。

『你說話都跳來跳去，我聽不懂。』

「我看著妳跟他吃飯，覺得很開心。」

『謝謝你。』我說。

「所以我也不想讓妳傷心。」大師看著我。

「但我知道，妳一定會傷心的。」

『你想說什麼？』

「老先生過世了。」

□

　　大師說，禮拜六我扮演完師母，還在大師那裡待到幾乎天亮。他沒有什麼睡，就到雜貨店開門，迎接一天的冷清。老先生卻遲遲沒有走出來。

「他很安祥。」大師說。

『你為什麼不告訴我？』我哭了。

「我本來想告訴妳的，但是我沒找到妳。」

『你應該等我的。』眼淚啊。

「妳為什麼要哭呢？」大師問我。

『老先生過世了，我很難過啊。』

「妳不覺得，老先生終於找到師母了，其實應該替他開心嗎？」

『我不懂。』我拚命搖頭。

我們走到大師住的地方，鑰匙轉動的聲音很刺耳。

「也許因為妳，老先生才放下的。」

「也因為這樣，他沒有任何痛苦。」

「他的表情真的很安祥，讓我以為看見了以前的他。」

「我小時候的他。」

大師打開門，我站在門外愣著。

『你小時候的他？』

「是的。」大師要我進去：「他是我外公。」

『你怎麼沒跟我說過？』

「因為妳沒有問我。」

所以，大師才會固守那個海岸線嗎？所以，大師不能飄搖嗎？

「這幾天，我已經把所有事情辦好了。」

『所有事情？』

「是的。」大師說：「也因此雜貨店沒有營業。」

『這代表我沒辦法見老先生最後一面？』

我生氣地把包包放下，瞪著大師。他卻沒有安慰我，坐在木質地板上，把臉埋在膝蓋裡面。

「沒有人見到他最後一面啊，不是嗎？」

我的眼淚不停往下掉，大師的聲音聽起來好遠。

『對不起。』我說。

「為什麼道歉？」大師抬起頭。

『我應該先安慰你的。』

大師搖頭：「不讓妳參與，只是怕妳傷心。」

「我不喜歡看見妳哭啊，妳知道嗎？」

『對不起，我好愛哭。』

大師站起來，拍拍我的肩膀。

「不要哭了，好嗎？」

『好。』我說。然後把臉埋在大師身上，海岸線也擋不住海浪了。

「謝謝你，我相信外公一定很滿足。」

『大師。』我說：『對不起。』

「爲何要道歉呢？」

『會不會因爲我假扮師母，才讓老先生……』

「傻瓜。」大師拍拍我的頭：「不要哭啦。」

每個人都會離開的。離開的時候如果是笑著揮手，那我們何必哭著看他轉身呢？

『但是老先生走了，我很難過啊！』我說。

「我也難過，但是……」

「但是我們留在這個世界的，比較快樂嗎？」

『所以我們都不要留在這裡？』我抬起頭。

「不。」大師嘆了一口氣。

「我們要快樂的看著他們離開。」

「難過就跟著他們一起走了。」

我深呼吸了好一下子。其實我不懂大師在說什麼。但我知

道，我不能哭了。因爲老先生一定會用那渾厚的聲音對我說。

「咋啦，妹妹，哭啥啊？」

「俺去找師母啦，俺好得。」

一定是這樣吧！大師坐回地板去，下巴撑在膝蓋上，看著前方。

「等我都處理好了，過兩天會告訴妳去哪裡看他。」

『好。』我說：『有需要我幫忙的地方嗎？』

「有。」大師轉過頭看著我：「不要哭泣了，如歌。」

「妳就像一首歌一樣，不要忘了。」

□

我忘了告訴大師，我沒有忘記他說的話。只是我稍微忘記歌詞，但我想我會記起來的。中午休息時間，我會繞去雜貨店看一看。裝作不小心的。雖然佳樺知道，但也不戳破我。下班以後，我也會經過雜貨店。一天又一天過去，雜貨店還是沒有開門。

曾德恆給我的橘子水，當天晚上我喝了兩條。之後就再也沒有打開過了。我還是喜歡拿硬幣去買，那是我童年的記憶。也是雜貨店給我的快樂。

「還是沒開。」佳樺說。

中午我還是繞過去了，我無奈對著佳樺笑著。

「喲，會笑了？」

『因爲就像一首歌一樣。』我說。

「什麼哥啊弟的，妳怪怪的。」

我知道就好。佳樺也懂吧，我猜。所以她願意每次都陪我繞過來。距離大師說的「過兩天」，已經過了好多天了。

「妳最近似乎快樂多了。」

曾德恆看見我的時候，這麼對我說。

『是啊。』

「橘子水還可以嗎？」

『謝謝你，我很喜歡，也因此快樂。』

我知道我又說謊了，我的快樂不因為橘子水。但曾德恆對我這麼好，也足以讓我很滿足。

「這樣就好。」

『你為什麼對我這麼好呢？』我問曾德恆。

我想知道答案，會不會跟我想的一樣。繼續揣測下去，只會讓我越來越多心。

「因為我們是同事，也是朋友。」

曾德恆喝了一口水，一臉微笑看著我。

『就這麼簡單？』

話一說完，我就覺得不太妥當。

「大概就是這麼簡單吧。」

『不是因為你……』

「我？」他一臉疑惑看著我。

『沒事。』我笑著。

「我怎麼了嗎？」

『你很好，有你這個朋友，我很高興。』

曾德恆笑著。當我確定了曾德恆並不是要跟著我一起墜落之後，我卻很高興。那並不是因為我不喜歡他了，我還是很喜歡這個人。我高興的是，原來我喜歡的那個人，是這麼樣的好。即使現在我沒有想墜落的感覺。即使不墜落，這還是很美的一首歌。

一切如歌。

第九首歌　**再見**

爲何要說再見？

再見不就是代表一定會再遇見？

當我知道你走了，而我還沒說出口，

是不是就不會再見？

　　大師又突然消失了。過了好久、好久，他都沒有出現。也沒有告訴我該去哪裡看老先生。每天我都會經過雜貨店，就好像一個儀式。大概他有什麼急事，要立即處理，所以耽擱了。於是我等著雜貨店打開門營業的那一天。等著大師出現，嘴裡唸著《孫子兵法》對我笑。

　　但是沒有。差一點點我就放棄了。我開始怨恨，為什麼這個人總是一聲不響地就消失。總是什麼都不交代就可以不見那麼久。他的海岸線一定是假的，不然怎麼都不守住呢？

　　「妳還是要過來看啊。」

　　中午，佳樺無奈地搖頭。

　　『抱歉，我只是想確認一下。』

　　「妳還確認不夠多次嗎？」

　　『搞不好哪一天就開門了呀。』我說。

　　「妳是不是喜歡上那個大師了？」

　　『才沒有咧。』

　　其實，我也好多次到大師住的地方去。可是不管我怎麼呼喊，都沒有人開門。慢慢的，我也不再去那個地方了。那會讓我覺得自己被遺棄了，我會想哭。但我不可以，因為大師要我不哭的。就在我幾乎要放棄的前一步，無意間在報紙上看見租屋訊息。地址是在大師住的地方。剛好是五樓。會是大師的房間嗎？

□

　　空曠的味道讓我有點暈眩。就像我第一次進來這裡一樣，只是這次更加空曠了。電腦不見了，東西都沒了。就好像從來都沒有人來過，即使跟我所認識的這裡差異不大。一直都不是很多東西。大師從一開始，就準備好了要離開嗎？我轉過頭，書櫃的書已經清空了。但菸盒還在。卻不是原本的菸盒，而是我丟進雜貨店的那些菸盒。我記得，真的就是那些菸盒。

　　「這個是前任屋主留下來的，我還沒來得及清理。」

　　仲介小姐不好意思地要把菸盒收走。

　　『沒關係，不必收。』我制止了她。

　　「這怎麼好意思呢？」

　　『真的不要緊。』

　　「還喜歡嗎？」小姐說：「雖然價錢貴了一點，但是這個地段……」

　　『什麼時候可以搬進來？』

　　「隨時都可以，我會先打掃過。」小姐熱烈地。

　　『不必打掃了，這樣就好。』我說。

　　「這樣嗎？」

　　『我可以先付訂金，下個月初搬進來嗎？』

　　「可以，當然可以。」

　　我點頭，卻沒有微笑。大師走了，沒有通知我。也就是說，我沒有跟他說再見。如同我沒有跟老先生說再見一樣。

□

　　原本的房子，我退掉了。因為有簽約的關係，我損失了三個月的房租。不過房東先生對我很好，還是把押金退給我，還給了我兩個禮拜的時間搬家。雖然我也住小套房，東西卻很多。跟大師房間的空曠大相逕庭。但我沒有把所有東西帶走。可以丟的、給人的，我都沒有留著。也不知道為什麼。

　　本來想找人幫忙搬家的，但是想來想去，竟然沒人。我不想麻煩佳樺，更不願意麻煩曾德恆。在台北，我好像只有這兩個朋友了。還有兩個。一個離開了，到另外一個世界陪師母。一個消失了，突然在這個世界消失。我不知道這樣算不算離開，只好這樣形容。偶爾會覺得自己有病。為什麼要搬過來這裡呢？為什麼我會下這個決定？我自己都不明瞭。也許我選擇的只是一個答案。我想離答案近一點。

　　房租比我原先住的地方貴了不少。當初在雜貨店的大師，怎麼有能力負擔得起呢？至於書櫃那一塊，我完全沒有移動。我想讓它維持本來的樣子。那些菸盒，我也讓他們留在原地。好幾次我都想把他們拿來看一看，看看自己寫了些什麼。每當我這麼想的時候，就會感覺到菸盒的痛苦。因為他們才是被拋棄的。從曾德恆手上，到我的手上。然後再到這裡。一路的飄搖，肯定讓他們不是滋味。也因此我就不去移動他們了。

　　大師把原本的菸盒帶走了嗎？他有發現我寫的字嗎？如果發現了，他會怎麼想呢？開心，還是難過，還是沒有感覺？我想我是不會知道了。因為我給的菸盒，已經被留下來了。

□

　　因為距離公司比較近，所以我不必趕著晨早搭車。下班以後，我會習慣到賣大滷麵的店家去吃晚餐。即使每次都點一樣的東西，大滷麵、嘴邊肉。通常我都吃不完，很浪費。不過，嘴邊肉真的很好吃。有幾次老闆會疑惑地看著我，好像我一個女孩子不該點這麼多。但是我不介意。唯有這麼做，才可以讓我確認某些時候的我確實存在。我也依循這些線索拼湊出現在的自己。

　　每天我還是會經過雜貨店。我總擔心會不會有一天，雜貨店門口也貼著「出租」的紙條。所幸這件事還沒有發生。目前沒有發生。佳樺也漸漸習慣我會刻意繞過去。但她再也不問我了，只是跟著我望了雜貨店一眼。什麼都沒說。其實，也沒什麼好說的。我告訴佳樺我搬家了，距離公司比較近。佳樺曾經說了好多次要去我那兒坐坐，我都找藉口婉拒了。因為我沒有跟她說，那個地方本來是大師住的。我怕佳樺覺得我真的瘋了。而讓她看見放在書櫃前面的菸盒，我也會不好意思。

　　「今天晚上去哪兒？」佳樺問我。

　　『回家休息囉。』我說。

　　「我去妳那兒坐坐吧，我今天不想那麼早回去。」

　　『可是……』我已經想不到藉口了。

　　「妳住的地方是不是很小？」

　　『還好。』我說，其實還挺大的。

「那為什麼都不讓我去呢？」

『因為有點不方便。』我尷尬地。

「真可憐，晚上沒地方可以去啊……」

我不好意思地低下頭。下班以後，我跟佳樺一起走到公司門口。

「路上小心囉。」佳樺說。

『佳樺。』

「怎麼啦？」

『到我家去吧，先買晚餐。』

「喲，我下午是開玩笑的，不方便不要緊的。」

『不會啦，真的。』

「妳說真的？」

我點頭。佳樺勾著我的肩膀，笑著往前走。我們就像兩個孩子一樣。

□

妳生命裡有沒有那種會突然出現，又突然消失的人呢？其實在買火鍋料以及高麗菜的時候，我想問佳樺。大概就是那種人。明明每天都會跟你在下課的時候一起上廁所，接著會在某一天陽光很大、不像是會讓人悲傷的天氣，突然就自己一個人下課離開教室，走在校園裡面的感覺。妳有遇過這種人嗎？會不會也想在哪一堂下課的時候，提早走到她面前。問她為什麼上一堂課不找自己去廁所呢？

我想我太不專心了。

『其實每一天我都在左顧右盼。』

佳樺拿起高麗菜，比較哪一顆的重量比較重。我也不知道這麼說的時候，口氣該怎麼形容。

大概就是說著：『那一顆比較均勻。』這種口氣吧。

佳樺看了我一眼，不管她有沒有聽清楚我都記得那個表情。我是真的太不專心了。我沒有做足任何大師會突然消失的準備。但我總是會想著，他會在哪個路口出現呢？他是這樣的人。突然出現說些毫不相關的話。

走進房間以前，這個想像都還沒有破滅。我也許會在路口遇見大師，也許是超市門口。等我打開公寓的門，我猜是他背我上樓的那個階梯。或者在房間門口。打開房門前，我猜他會出現在地板上坐著。窗簾已經被他拉開。門打開以後，我拿出微波爐。這些想像都像吹破了的泡泡。

「我們會買太多嗎？」佳樺把東西拿出來問我。

『這個問題在結帳之前就該問了吧。』我說。

那也是因為我們沒有想太多，也想不多。晚餐該吃什麼拿不定主意，該買多少也沒有意見。

『好溫暖喔，胸口都熱了起來。』我說。

「是啊，好幸福。」佳樺笑著。

『抱歉，我這裡沒有椅子。』

「沒關係，坐地板比較像圍爐啊。」佳樺笑著。

「是了，妳怎麼找到這裡的？」

『土地公決定的。』

小時候爸爸跟我說，每個人要住在什麼地方，都是土地公安排好的。那一天我記得，我第一次去同學家玩。那同學的家好大，有四層樓。至少以我當時的眼光看來，是很大了。回到家以後，我就問爸爸為什麼我們要住在這個地方。從小我跟爸爸住在工廠裡面的小工寮。洗澡沒有蓮蓬頭更不要說浴缸，只有一個水龍頭。冬天時候得在小盆子裡面先裝滿了冷水，然後一點一滴放著熱水。如果哪個工人也在洗澡，大概就沒有熱水使用了。

「真的嗎？」佳樺訝異地看著我。

我說，那當然。也不是怪罪爸爸讓我住在這樣的地方。只是幼年總是不懂，以為住在什麼地方是自己選的。那爸爸幹嘛不選大一點的地方住？

爸爸笑著：「千雅，我們住在什麼地方，是土地公決定的。」

爸爸是這樣說的。然後拿出那個小時候爸爸送給我，可是我一點也不喜歡的蟬殼。那是男生才會喜歡的吧。所以蟬殼就留在電視旁邊的櫃子裡面。我沒料到爸爸會記得它，那個蟬殼。

「妳看，原本蟬就住在這裡，只是它長大了，搬家了。」

「千雅長大以後，也會搬家。」

『我要搬去哪裡？』我問爸爸。

「大一點的地方啊。」

『那我要帶著爸爸一起搬家。』我說。

「好啊，千雅好乖、千雅好乖。」

怎麼知道，我長大以後是搬家了。但是爸爸卻沒有跟著我走，自己先搬走了。接著就在小舅家裡住了三年。然後出了社會找了工作，以為住的地方會越來越大。後來我想，大概因為爸爸沒跟我一起搬走吧。那我也不需要太大的空間了。

地方這麼大，裝滿了寂寞要幹嘛？

「妳搬來多久了？」佳樺問我。

『一個多月了。』我說。

「雖然晚了點，」佳樺拿起啤酒：「恭喜搬家。」

『謝謝。』

玻璃瓶敲擊，發出清脆的聲音。先聽見「匡」的一聲，然後空氣中會傳來「汪汪汪」的共鳴。好像大師唱的歌一樣。唱完了也碰撞了我的心，然後也在空氣中，發出共鳴。

我很開心佳樺來，這個地方多了一點熱鬧。一點點而已。我沒跟佳樺說後來爸爸離開的事。因為有些事情，還是關在房間裡面一個人慢慢數著比較好。

這就是飄搖。

□

「這些菸盒，是曾德恆給妳的吧？」

『是啊。』我說。

「沒想到妳還留著。」

我沒有明說，但我的確留著。只是中間經過了流浪。

「最近跟他還好嗎？」

『會想著他唱的歌。』我說。

「噢，曾德恆會唱歌？」

佳樺的他是曾德恆。我的不是。

『我亂說的啦。』我笑著。

「妳喝醉啦，酒量真差勁。」佳樺拿起菸盒。

「上面有寫字？」

我一把搶了過來：『那是我無聊亂寫的。』

「祕密，不准人看嗎？」

『我會不好意思。』我不自覺捏緊了菸盒。

「這是什麼？」

也許因為我捏菸盒的力量太大，菸盒扭曲了。從盒子裡掉了個東西出來，佳樺把那個金屬撿起來。黃金的戒指，上頭沒有什麼複雜的圖騰。我看過了一次。也許，這樣的簡單就是老先生的愛情。

「妳的戒指？」

我接過來看了一看。

『那不是戒指。』我說。

「是戒指啊。」佳樺盯著瞧了好久。

『這個東西，有人說它是愛情。』

『有人說它是墳墓。』

『但我知道，這個東西都不是。』

『它是漫長的等待以及失望。』

佳樺疑惑地看著我：「妳真的喝醉了？」

我笑了笑。我把老先生等待師母的事告訴佳樺，也把我假扮的經過告訴她。佳樺張大了嘴，我知道這一切讓人難以相信。

「老先生沒有發現是妳？」佳樺難以置信地。

『我想他一定很清楚吧。』

「即使有痴呆症，也不會忘記自己老婆的長相吧？」

『是啊，不過老先生沒有拆穿我，也沒有生氣。』

「天啊，真的有這種事情？」

『我不會騙妳的啊。』我說。

呵，我不會騙妳的啊。這句話怎麼這麼誠懇又有魔力？

「難怪妳會說這是漫長的等待以及失望。」

『妳覺得我這樣是不是很糟糕？』

「為什麼？妳不是說老先生很開心嗎？」

『是啊，突然間他好像痊癒了一樣。』

「那就沒錯了，妳做了好事。」

『這樣就好。』

「那老先生現在咧？」

『現在啊……』

我猜老先生每天會看著師母上緊時鐘的發條。會有好多鄰居到雜貨店來跟師母聊天，老先生笑著。寫了好多美麗的書法，藝術品一樣掛在雜貨店裡面。

「妳傻了，師母已經過世了。」

『我想老先生已經找到了吧。』

「妳真的喝醉了，才一瓶啤酒而已。」

我搖頭笑著，把東西收拾乾淨。

「今天住妳這裡好嗎？」佳樺坐在地板上伸懶腰。

「我懶得回家了。」

『當然好啊。』我說。

金黃色的啤酒還剩下一半。我拿起來啜了一口，比剛剛開瓶苦了一些。佳樺也拿起酒瓶，高高舉起對著我笑。我喝了一大口。氣泡經過我的喉嚨，傳來了刺痛感。

『佳樺，妳最喜歡哪一首歌？』我問。

「我想想。」佳樺閉上眼睛。

『有快樂的歌嗎？』我問著。

「應該有吧，輕快的。」佳樺說。

是嗎？那就好。我喜歡快樂的歌。即使最後會帶來悲傷以及痛苦。

□

　　桌上夾了一張照片。應該是雜貨店的門口，那裡我走了無數次。照片裡面的主角，只有背影，是個女孩。我想那應該是我，服裝卻不是現在冬天的樣子。照片的上面放了一把鑰匙。冰冰冷冷的觸感，讓我有些凍僵。

　　照片裡面的我，是什麼時候被拍下的？是大師拍的嗎？我拿著照片以及鑰匙，不知道該怎麼辦才好。照片上面，毛筆字寫著幾句話。

　　「第一次見面、她哭了、好像一首歌。」

　　大師的字跡還是一樣漂亮。應該是吳老先生教他的吧。我看著照片，想起第一次走進雜貨店的自己。那時候因為工作壓力很大，竟然聽見大師說的話，就哭了。應該很糗吧，我猜。但是，大師是怎麼把這些東西放在我桌上的呢？我看著照片發愣。翻到背面去，毛筆字好像真的會說話。我也看見了大師說話的表情。

　　「因為我是大師、不要猜了、鑰匙收好。」

　　我笑了。大師連我會有什麼反應都知道，真是的。但這鑰匙又是為什麼呢？我知道那是雜貨店的鑰匙，我曾經拿著它打開雜貨店的鐵門。那個好重、好重的鐵門。

　　佳樺探頭過來，看著我手裡的照片。

　　「這個是妳？」佳樺問我。

　　我點點頭：『大師拍的。』

　　「拍這個幹嘛？」

　　『我也不知道。』

　　現在回想起來，每次我回過頭跟大師說再見，他那個驚慌的模樣。會不會、會不會就是在拍下我的背影呢？他又拍了多少張呢？

　　「這個鑰匙？」佳樺拿起來看了看。

　　『雜貨店的鑰匙。』

　　「怎麼會在妳這裡？」

　　『我也很想知道。』我說。

　　「是他放的嗎？」

　　『應該是。』

　　「可是公司有門禁，他是怎麼進來的？」

　　我把照片翻到背面，遞給佳樺。

　　「這傢伙眞無聊。」佳樺笑了。

　　『是啊，他一直都這樣。』我說。

　　『對了，妳知道老先生是他的外公嗎？』

　　「眞的？」佳樺瞪著大眼睛。

　　『我也是後來才知道的。』

　　我沒有跟佳樺說老先生過世的事。我想，就讓老先生活在佳樺心裡面吧。那個很慈祥、很和善的老先生。無際的等待以及失望，卻始終坐在那兒的老先生。我們都以爲很兇的老先生。

　　「他把鑰匙給妳幹嘛？」

　　『我也不知道。』

　　「該不會要妳去幫他顧店吧？」

『誰知道呢。』

我只知道，我永遠猜不透大師。也不必猜了。

□

我拉開雜貨店的鐵門，好重。沒有大師的幫忙，對我來說很吃力。

「我來幫妳吧。」曾德恆拍拍我的肩膀。

『你怎麼會在這裡？』

「他要我來的。」

『他？』

東西是大師交給曾德恆的。

「他告訴我，晚上記得到這裡來。」

「因為妳力量不夠，需要幫忙。」

我看著曾德恆，不解道：『他為什麼會拿給你？』

「我跟妳在超商門口吃飯，就是那天。」

『那天？』是了，後來我遇見了久違的大師。

「跟妳分開之後，蘇先生要我把這個交給妳。」

「我也不知道他怎麼會出現的。」

『那你怎麼現在才跟我說？』

「他要我春天來了以後再放在妳的桌上。」

『春天？』

雜貨店裡面有潮溼的味道。我打開燈，一切如舊。桌上放著兩條橘子水。還有那個雙喜餅乾盒。

「我就不進去了。」曾德恆站在門外。

『你怎麼會幫他的？』我往門口走。

「他來找過我很多次了，怎麼，他沒跟妳說嗎？」

我懂了，大師其實沒那麼神。所以才會知道之前跟曾德恆吃飯的，不是女朋友。

『我不知道。』我搖頭。

「抱歉，我不是刻意隱瞞妳的，只是我受人之託……」

『我懂，謝謝你。』

「千雅。」

『嗯？』我回過頭。

「妳還好嗎？」

『我很好啊。』我笑了。

怎麼能不好呢？我又進來了這間雜貨店。春天來了嗎？我好想知道，曾德恆是怎麼界定春天的腳步。

「他還要我告訴妳一件事。」

曾德恆雙手扠在口袋。

『什麼事？』

「我不是很懂，但我確實記下來了。」

「他要妳記得，一首歌一定有唱完的時候。」

「但是動人的旋律以及歌詞，會留在心中很久。」

『謝謝你，我知道了。』

「那我走了，有需要隨時跟我說。」

我笑著，揮揮手。

「記得回去上班啊。」曾德恆給我一個柔軟的微笑。

□

我在老先生房裡找到了板凳。也許不是經過很多日子，上面卻布滿了灰塵。仔細擦拭過了幾次之後，我將它放回我熟悉的位置。然後我才回去公司。

「妳該不會真的跑去雜貨店了吧？」

佳樺走過來，疑惑地看著我。

『是啊，我去了。』

「老先生呢？」

我搖頭。

「那個奇怪的大師呢？」

我聳聳肩。

佳樺嘆了一口氣：「不見了？」

『不是不見，應該是離開了。』

「那個不見不是一樣？」

『不太一樣，不見了就不會再見。』

「啊？」佳樺瞪大眼睛。

『離開了，會回來的。』

「妳怎麼知道？」

『因為春天來了啊。』我笑著。

曾德恆走了過來，站在我跟佳樺身後。也跟著我笑了。

「你們兩個在笑什麼？」

我看著曾德恆，他也看著我。

「該不會有什麼東西我不知道吧？」佳樺一臉怨懟。

『不會有妳不知道的東西，蔡仙姑。』

「大概是春天來了吧。」曾德恆點頭。

我還是想知道曾德恆怎麼界定春天來的腳步。不過，這個疑問我始終沒有說出來。有些答案必須追根究底，知道緣由。有些答案知道了也沒用。只不過證明了結果的存在而已。

□

下班以後，我買了大滷麵、嘴邊肉。打開雜貨店的鐵門，沒有大師以及曾德恆的幫忙，很辛苦。但我打開了。我坐在老先生的板凳上面，把小桌子打開。一個人吃著。我知道我會吃不完。

還好，水電還沒有被切掉。我清理了一下環境，把櫃台的玻璃擦拭得光亮。好像大師還在的時候一樣。等到所有東西都像沒有改變一樣，我也有些累了。我站在櫃台裡面，看著雙喜餅乾盒。然後，把它打開。

□

**「拉著氣球無法墜落、墜落不痛、氣球才痛。」**

第一張照片。

或許不該說是第一張，因爲一早我收到的才是。我依照盒子裡面照片擺放的順序，一張、一張拿出來。一切就像鏡頭背光拍攝下來的景色一樣。輪廓還可以清晰，表情卻無法辨別了。

我想起來了，是大師要我墜落的那一天。那天他也拍下了我的樣子？每一張都是我的背影而已。爲什麼不拍我的正面呢？我忍不住嘲笑自己，會不會是因爲我不上相？

照片很多張。仔仔細細地看著，才發現大師拍了好多。也才知道原來這些日子，大師都看著我離開。只是，我沒辦法跟他一樣這麼做。因爲我來不及做好準備，大師就不見了。他會不會是去找尋所有的美好，然後拍下來呢？有沒有那麼一天，我會看見大師眼中的美好呢？

「遇見很美、但我要離開、讓如歌墜落。」

大師啊，你好笨喔。虧你還沾沾自喜說自己是大師。你不知道，我要墜落也不需要你離開嗎？

「我在這裡太浪費、我不能走、因為海岸線。」

騙人。大師你不是說不會騙我的嗎？你說你不能走，可是我卻看不到你。

「海岸線快崩壞了、這首歌要結尾了、沒有背影。」

　　我心頭好酸。那種酸楚跟爸爸離開不一樣，也跟老先生離開不一樣。酸酸帶來的溫暖，讓我很矛盾。大師究竟是用什麼表情面對我？爲什麼連背影都不留下來？

**「這樣自言自語、笨笨的、不像大師、像如歌。」**

　　我笑了。誰跟你一樣笨笨的，臭大師。我摸了摸餅乾盒裡面，只剩下最後一張。如果拿出來，那就再沒有任何東西留下來了。就像這個雜貨店一樣。雖然什麼都還在，卻少了靈魂。我猶豫了一下，拿出最後一張照片。

□

　　我以爲還是我的背影，但不是。我在櫃台磨墨，照片的左上角，老先生寫著字。我的眼淚離開眼睛，就像老先生離開這裡。再也回不來了。

**「如歌，我發現離妳一段距離、才能真正靠近妳。」**

　　這是什麼意思呢？我感覺不到大師的靠近。對我來說，大師只有消失以及離開。也許那天我磨墨太專心了，沒有發現大師拍下這張照片。可惜，照片裡面少了大師，不然就更完美了。至少讓我確定，這一切的存在不是夢。是一首歌。

　　我把照片放回餅乾盒裡，收到櫃台下。我看見大師站在這裡，拍下我離去的樣子。我看見大師帶著我穿街過巷，找尋曾德恆。我看見我沒出現的時候，大師對著門口發呆。我也看見

了。大師最後留下這些東西，離開的時候，對著灰色的鐵門嘆息。只是我沒看見，大師跟我道別的樣子。

「再見。」我對著門口揮手。

□

離開之前，我回頭看了看雜貨店。我不知道為何大師要將鑰匙交給我。為什麼要一聲不響就消失。什麼都不知道。突然好想再買一次橘子水。我在皮包裡面摸了一下，拿出爸爸留給我的那個硬幣。

「妳只能買一次、買一次就好。」

是啊，我只能買一次。爸爸說，想念他的時候，就買一條橘子水。我沒有一秒鐘不想念爸爸。現在，我也想念大師。我走到放橘子水的地方，忍不住哭了。被遺棄的感覺又湧上我的心頭。雖然大師說，不可以哭。留下來的人要快樂地看著離開的人。我辦不到。

放橘子水的袋子裡，有個硬硬的東西。我拿了出來。這才是最後一張照片？

**「這首歌沒有歌詞、寫滿了妳、我每天都唱一次。」**

我走回老先生的板凳上，咬開一個尖口。今天的橘子水變了味，太酸了。我的耳朵裡都是大師教我唱的歌。一次又一次。歌詞我已經記不仔細了。但我從沒忘記過這個旋律。

　　雖然我很想忘記，但每次我決定要忘記了，就會想起大師說的。

　　「如歌，妳就像一首歌一樣，不要忘了。」我能忘記自己嗎？

　　不能。

　　所以我也每天都唱一次。唱到我忘記的那一天。就像老先生終於等到師母一樣。就像照片裡面的我一樣，坐在階梯上，一個人唱著歌。那天，大師出現了。我想，大師會出現的吧。

最後一首　**如歌**

請你們跟著我一起唱這一首歌。

也許，有人不願意開口，

也許，有人會先行離去。

也許，有人陪著我唱到最後，然後我們道別。

只要記得這一首歌，不要忘了。

我們，如歌。

「大姊姊，妳說的是眞的嗎？」

我笑了笑：『妳說呢？』

「那個大師跑去哪裡了？」

小女生抬著頭，天眞無邪的樣子。我在這個年紀，應該也是這麼單純吧。

『他啊……』我聳肩：『大概跑去證明自己是大師吧。』

「怎麼證明啊？」

『我也不知道。』我笑著。

大概要花一首歌的時間吧。

「他會回來嗎？」

『也許。』

「那他回來的時候，妳要跟我說喔。」

『怎麼了？』我疑惑地。

「我想讓他教我唱那首歌。」

『好、好。』我笑著。

小女生拿出了一個硬幣放在櫃台上。發出了清脆的聲音。

『這個東西色素很多，對身體不好。』我說。

「我知道。」女孩笑著。

「我也想當如歌啊。」

『當如歌有什麼好？』我訝異地。

「因爲有個大師那麼喜歡她。」

『妳怎麼知道？』我失笑。

「我知道啊。」小女生跟我揮揮手，走出店門外。

「我知道，大姊姊。」她回過頭：「妳就是如歌。」

□

雜貨店的生意還是冷清。不過，比我先前來這裡玩票性質代班好多了。至少，附近的學生會跑來這裡買一些懷舊的商品。什麼時候，落伍也變成了流行？

我告訴佳樺自己想辭職的念頭，還以為她會很不諒解。

「妳確定這樣可以活得下去？」佳樺問我。

『了不起肚子餓了，就把雜貨店的東西吃完。』

「這樣就好。」佳樺笑著：「我會支持妳啊。」

她跟曾德恆經常會來，買一堆零食回去。我知道，這是讓我可以維持生計的方式。但他們並不知道。當我在櫃台下面的抽屜，找到物流廠商的電話。雜貨店總得補貨吧。我打了電話過去。

「喔，我還想怎麼這麼久沒有叫貨。」

『是嗎？』我說：『請問我該怎麼辦呢？』

物流那邊的先生很好心，告訴我大概的流程與方式。

『那我該怎麼付款？』

「付款？」

『是啊。』

「還不必吧。」

小蘇先壓了錢在這邊，要我們慢慢扣款。這是我最後得到的訊息。也是大師留給我最後的禮物吧。我對自己做這個決定

也很意外。甚至懷疑自己是不是走火入魔了。但我想，這個地方應該繼續經營下去。每次當我坐在老先生的板凳上，看著門外發呆。我總會這麼想。這個地方，也許被下了詛咒。每一個待在這裡的人，都會傻傻地等待著。我來的時候，老先生是這樣。老先生走了以後，我也是。

「小姐，你們有沒有抽獎的那個東西？」一個看起來像高中生的男生走進來。

『有。你要怎麼樣的？』

「可以戳一個洞、一個洞的那種。」

『四百塊。』我從後面拿出一張大大的抽獎遊戲。

「哇，真的有！」 男生開心地拿著東西走了。

我想這應該不是詛咒，而是這雜貨店充滿了愛。因為愛，老先生這樣等待著。即使結果終於還是失望了。也因為愛，我也這樣等待著。就算大師可能永遠不會再出現。每一天我還是坐在老先生的板凳上。靜靜的、靜靜的。我終於知道老先生那時候的心情是怎麼樣了。

是愛。

這個雜貨店有點空，多半時候只有我一個人。

『爸爸，我搬到一個很大的地方了。』

『雖然你不能來，但我想跟你說。』

『地方這麼大，不只是裝滿了寂寞。』

我哼哼唱唱地，歌詞再也記不清了。每回我一個人看著外頭，不管在雜貨店，還是套房裡。我都會想起這一首歌。想起

自己就像一首歌，所有東西都是一首歌。

偶爾我會以為自己看見了大師，拿著相機在雜貨店門口對我笑。

「如歌。」他說。

『大師，你來啦？』我也笑著。

「妳哭了嗎？」

我才沒有。我一定會這麼說。即使每一次都是我看錯了，大師還沒回來。不過啊。老先生終於等到師母。我應該也會等到大師吧，等到他證明了自己那一天。證明自己有很好的能力。他會回來，站在習慣的地方，拍下我的背影。跟我一起唱著。我只記得一、兩段歌詞。

**如果這個歌聲有翅膀，那就飛走吧。**
**如果不知道該往哪裡飛，那就留在我這裡啊。**
**如果我也有翅膀，我該往哪裡飛啊？**
**如果不能留在這裡，是不是代表流浪？**

好好聽啊，我一個人唱著。

『大師，你知道嗎？』

『你才像一首歌，可以聽好久、唱好久。』

記得要回來啊，如歌。

# 後記

　　小時候我家隔壁是雜貨店。好玩的是，隔壁的隔壁也是雜貨店。我還記得那個大姊姊會一個人唱著歌。雖然好聽，我卻什麼都記不得了。

　　後來，雜貨店收掉了。小時候陪我長大的橘子水也不見了。我再也沒有吃過任何一次。大姊姊為什麼會一個人唱著歌呢？為什麼總是坐在那個板凳上面，看著門口發呆呢？很久以後我才知道，原來她就像一首歌一樣。只是我們都記不得了。

　　雜貨店這麼大的地方，只有大姊姊一個人，是空曠了點。但我卻感覺不出來，她隨時都做好了離開的準備。我長大了，雜貨店是什麼時候收起來的，竟然沒留在我的心中。沒有關係的。因為這首歌會流傳下去。你也唱著，他也唱著，我也是。

　　當我們等待一個人，而痛苦不已的時候，我們唱著。當我們感覺到失望侵襲的時候，我們也唱著。等到快樂來了，我們

更是盡情地唱著。這一切都真正存在著。也不需要去懷疑存在的原因是什麼。

因為啊。

因為人生如歌。

敷米漿于二○○八年末

國家圖書館出版品預行編目資料

如歌／敷米漿著. -- 初版. -- 臺北市：麥田，
城邦文化出版：家庭傳媒城邦分公司發行，
2009.01
　面；　公分. --（電小說；12）
ISBN 978-986-173-471-2（平裝）

電小說 12

# 如歌

作　　　者／敷米漿
選　書　人／陳蕙慧、林秀梅
責 任 編 輯／林怡君

副 總 編 輯／林秀梅
總　經　理／陳蕙慧
發　行　人／涂玉雲
出　　　版／麥田出版
　　　　　城邦文化事業股份有限公司
　　　　　台北市 100 台北市中正區信義路二段 213 號 11 樓
　　　　　電話：(02)23560933　傳眞：(02)23516320；23519179
　　　　　部落格：http://blog.pixnet.net/ryefield
發　　　行／英屬蓋曼群島商家庭傳媒股份有限公司城邦分公司
　　　　　台北市民生東路二段 141 號 2 樓
　　　　　書虫客服服務專線：02-25007718・02-25007719
　　　　　24 小時傳眞服務：02-25001990・02-25001991
　　　　　服務時間：週一至週五 09:30-12:00・13:30-17:00
　　　　　郵撥帳號：19863813　戶名：書虫股份有限公司
　　　　　讀者服務信箱 E-mail：service@readingclub.com.tw
　　　　　歡迎光臨城邦讀書花園　網址：www.cite.com.tw
　　　　　香港發行所／城邦（香港）出版集團有限公司
　　　　　香港灣仔駱克道 193 號東超商業中心 1 樓
　　　　　電話：(852) 25086231　傳眞：(852) 25789337
　　　　　E-mail：hkcite@biznetvigator.com
　　　　　馬新發行所／城邦（馬新）出版集團【Cite(M)Sdn. Bhd.(458372U)】
　　　　　11, Jalan 30D/146, Desa Tasik,
　　　　　Sungai Besi, 57000 Kuala Lumpur, Malaysia.
　　　　　電話：(603) 90563833　傳眞：(603) 90562833

封 面 設 計／江孟達工作室
攝　　　影／呂瑋城
印　　　刷／鴻友印前數位整合股份有限公司

■ 2009 年（民 98）1 月 21 日　初版一刷　　　　　　　Printed in Taiwan.

定價／260 元

城邦讀書花園
www.cite.com.tw
書店網址：www.cite.com.tw